LA CHRISTIADE

OU

LE PARADIS

RECONQUIS.

TOME SECOND.

LA
CHRISTIADE
OU
LE PARADIS
RECONQUIS,

POUR SERVIR DE SUITE

AU PARADIS PERDU
DE MILTON.

Positus est hic in signum cui contradicetur.

Luc. c. 11.

TOME SECOND.

A BRUXELLES,
Chez V A S E, Libraire.

M. DCC. LIII.

EXPLICATION

DES PLANCHES

DU SECOND VOLUME.

PLANCHE DU SECOND CHANT.

La Tempête.

SATAN voyant Jefus-Chrift embarqué fur la mer de Ga-lilée, va prier le Prince de la puif-fance de l'Air qui tient fon em-pire au milieu de fes Génies qui jouent de divers inftrumens du reffort de l'Air. Les vents enchaî-nés font aux quatre coins de fon trône qu'ils promenent dans les régions étherées , les pluyes, les orages, la grêle, &c. font fous fes pieds. Satan le prie d'exciter une tempête pour fubmerger J. C. leur ennemi : le Prince de l'Air l'accorde à Satan, & bientôt une

Tome II.   *

furieuse tempête met le navire de Jesus-Christ à deux doigts du naufrage. Ses Apôtres n'ayant plus d'espoir qu'en lui, l'éveillent. Jesus-Christ porte alors ses regards sur l'Auteur de cette tempête ; il ordonne qu'elle se dissipe ; le Prince de l'air est confondu ; Satan tombe, & le calme succede à l'orage.

VIGNETTE

DU SECOND CHANT.

Le Conseil des Démons sur le Liban.

Satan qui a convoqué ce Conseil, est assis comme Président sur le tronc d'un cédre fracassé. *Beelzébut* est à sa droite sous une forme humaine, ayant une couronne sur la tête en qualité de Prince des Démons, un es-

sein de mouches voltige dessus,
pour marquer qu'il est le Dieu
des mouches, ainsi que son nom
le signifie en Hébreu. *Moloch*
est à la droite de *Beelzébut* sous
forme humaine avec une tête
de Bœuf tel que son Idole est
chez les Chananéens, dans laquelle ou devant laquelle on
bruloit des enfans vivans, dans la
vallée de *Tophet ;* pour symbole
de ce sacrifice il a un tison de
feu à la main ; à la gauche de
Satan est *Asmodée* dont le corps
finit en Dragon; il a l'arc à la main,
& le carquois sur l'épaule, pour
marquer qu'il est le Dieu de
la Luxure, qui blesse les cœurs
en leur inspirant des passions
criminelles. A la gauche d'*Asmodée* est *Mammonne* Dieu des
richesses & de l'avarice, il tient
une bourse dans sa main. Le
reste des Démons qui assistent

à ce Conſeil ſont repreſentés, les uns voltigeans en l'air ſous diverſes formes de Serpens aîlés, les autres planans ſur le Liban, pluſieurs ſont perchés ſur les débris des cédres & des rochers, & enfin la multitude infernale eſt entaſſée derriere Satan comme des Bataillons épais dont on ne diſtingue que les têtes, & les yeux enflammés.

PLANCHE

DU TROISIEME CHANT.

Maſſacre des Innocens,

ON voit ici la Ville de Betheléém toute en feu, & les rues remplies de femmes & de ſoldats, contre le glaive deſquels elles défendent leurs enfans. Herodes ce Roiſanguinaire, auteur de ce Maſſacre, eſt au balcon de ſon Palais d'où il l'ordonne & encourage ses soldats ; plusieurs de ces meres expirent en embrassant leurs enfans morts sur le pavé, & plusieurs courent & vont se réfugier aux portes de la Synagogue pour y chercher un azile qu'elles n'y trouvent pas.

VIGNETTE

DU TROISIE'ME CHANT.

Satan observateur de l'Etoile.

Satan plane ici dans les airs pour sçavoir ce que signifie l'Astre nouveau à l'apparition duquel les Prêtres des faux-Dieux agités de trouble, attribuent la chute de leurs Idoles & de leurs Temples, dont on voit les débris par terre. C'est par l'apparition de l'étoile sur Jerusalem que Satan découvre l'entrée des

Mages dans cette Ville, & la Naiſſance du Meſſie nouveau Roi des Juifs ; en conſéquence il inſpire ſes ſoupçons à Hérodes, & le cruel Maſſacre des enfans de Betheléem.

PLANCHE

DU QUATRIE'ME CHANT.

Feſtin d'Hérodes.

HErodes-Antipas donnant un feſtin pour célébrer le jour anniverſaire de ſa naiſſance, & la dédicace de la Ville de Tibériade, qu'il venoit de bâtir en l'honneur de l'Empereur Tibere, fut ſi charmé de voir danſer & chanter Hérodias fille d'Hérodiade, qu'il lui promit de lui accorder tout ce qu'elle lui demanderoit ; cette Princeſſe inſtruite par ſa Mere, demanda la tête de Saint Jean-Baptiste, & Hérode ne put la refuser. Cette tête ayant été apportée dans un baſſin & placée parmi les mêts de la table, Hérodiade, pour ſatisfaire ſa vengeance, veut encore la percer d'un poinçon ; mais cette tête, dont les yeux & la bouche ſont encore ouverts, ſemble rendre des ſons ; Hérodes en eſt tellement effrayé qu'il veut ſe lever précipitamment de table, de même que tous les Convives épouvantés ; mais Hérodiade le retient par le bras ; Satan qui eſt au-deſſus de ſa tête, lui ſoufle ſon eſprit, & Hérodias acheve de danſer pour célébrer ſon triomphe.

VIGNETTE

DU QUATRIE'ME CHANT.

Magdeleine mondaine.

Magdeleine est ici représentée dans ses jardins délicieux où elle respiroit la fraîcheur du matin, lorsque Belial lui apparoît déguisé en Ange de lumiere, & lui inspire le projet de voir Jesus, & de s'attirer un regard de ce Sauveur. Belial lui fait illusion & lui presente une boëte; Magdeleine abusée par les paroles flatteuses de cet Ange perfide, l'ouvre & aussitôt sept Démons qui s'en échappent s'emparent d'elle & la possedent quoique sans fureur; Belial lui inspire le délire de vanité qu'on peut voir dans le Chant quatriéme.

SOMMAIRE

SOMMAIRE

DU SECOND CHANT.

SATAN va trouver le Prince de la puiſſance de l'air, pour le prier & le perſuader d'exciter une tempête ſur la mer de Tibériade ; il lui expoſe en peu de mots ſes raiſons, & le danger commun. Le Prince de la puiſſance de l'air accorde la demande de Satan ; deſcription de l'Empire Aërien. Deſcription de la tempête : frayeur des Apôtres ; dangers qu'ils courent. Sommeil tranquille de Jeſus-Chriſt ; ſon réveil ; il commande à la tempête, elle ſe diſſipe, le calme revient ; Jeſus-Chriſt aborde, & prend terre en Galilée ; il va à Jeruſalem, chaſſe les Vendeurs du Temple, abſout la femme adultere, & y fait quelques autres actions d'éclat. Cependant Satan ne ſachant plus comment s'y prendre pour combattre ſon Divin Adverſaire, convoque l'aſſemblée de ſes Démons ſur le Liban ; il ouvre le diſcours, & rapporte aux Puiſſances Infernales ce qui s'eſt paſſé entre Dieu & lui, depuis

Tome II.   A

2 SOMMAIRE.

la création du Monde jusqu'au tems de l'idolâtrie du Veau d'or par les Israëlites.

E. Eisen *inv.*   D. Sornique *Sculp.*

C. Eisen inv. et f. 1763.   N. Le Mire sc.

CHANT II.

ENTRE cet espace immense
qui sépare le Ciel empyrée [1], brillant séjour du très-haut, & la terre
humble demeure de l'homme, est
une région moyenne [2], où le froid

---

1 *Empyrée.* Mot dérivé du Grec à
cause de la splendeur, & de la lumiere
dont il est le séjour. On l'appelle vul-
gairement, le *Paradis* où les bienheu-
reux jouissent de la vision de Dieu.

2 *Région moyenne.* L'air se divise
en basse, en moyenne & en suprême

A ij

& le chaud ſe font une guerre
perpétuelle, & contractent ſous
l'aſpect de l'aſtre qui donne la lumiere, ces bénignes, ou malignes influences, d'où dépen-
dent l'abondance, ou la ſtérilité
des campagnes. C'eſt-là où l'action ſubite du froid, comprime
en nuages épais, ces vapeurs

---

région. La région *baſſe ou inférieure*
de l'air eſt celle que nous habitons, &
que l'on borne par la réflexion du Soleil ; elle eſt tantôt froide & tantôt chau-
de, ſelon la diverſité des climats, &
des ſaiſons. La *moyenne* région de l'air,
eſt l'eſpace d'air depuis le ſommet des
plus hautes montagnes, juſqu'à la baſſe
région de l'air que nous reſpirons.
Elle eſt froide & humide à cauſe des
vapeurs & des exhalaiſons que le Soleil y éleve ; la région *ſupérieure* de l'air
eſt celle qui s'étend depuis la cime des
montagnes, juſqu'à la région du feu
élémentaire ; elle eſt plus pure, plus
rare, & plus legere que les autres.

grossieres que le Soleil éleve par
attraction, & charge d'humide
& de chaud, & qui du soufre
subtil de la terre, forme dans leur
sein ces globes de feu toujours
prêts à s'enflammer par antipéristase[1], & d'où au moindre choc
des nuées errantes sur nos têtes,
partent les éclairs[2], la foudre[3];

---

1 *Antipéristase.* Action de deux qua-
lités contraires, dont l'une par son op-
position excite la rigueur de l'autre.

2 *Eclair.* L'éclair, selon les Carté-
siens, consiste, en ce que les exhalaisons
qui se trouvent entre deux nues, étant
enflammées, ou par le choc, ou par la
chûte des nues, ou par la rapidité de
leur mouvement, elles poussent les petites boules du second élément vers les
objets d'alentour, d'où se refléchissant
vers nos yeux, nous sommes excités à
voir ces objets, comme s'ils étoient enflammés, ou éclairés du Soleil. *Rohaut.*

3 *Foudre.* Est une exhalaison, grasse,
nîtreuse, & sulphurée, qui s'enflamme
par le choc des nues, & qui en sortant

& le tonnerre [1], la grêle meur-
triere, & quelquefois ces pluyes
d'inſectes imperceptibles, que le
vulgaire nomme *pluye de ſang* [2]

---

avec violence, fait un grand bruit &
des effets extraordinaires en tombant.
Rohaut.

1 *Tonnerre.* Il ſe forme quelquefois
pluſieurs nües, les unes au-deſſus des
autres, qui ſont alternativement com-
poſées de vapeurs, & d'exhalaiſons que
la chaleur a enlevées des entrailles de
la terre. L'air qui s'eſt échauffé dans le
voiſinage de la terre, s'élevant vers les
plus hautes nues, s'y applique & con-
denſe les parties ; ce qui fait que cette
nue deſcend toute entiere avec vîteſſe
ſur la plus baſſe. Cela étant, l'air qui
eſt preſſé entre la nue de deſſus, & celle
de deſſous, ſort par les extrémités, &
par un paſſage ſi étroit, qu'il produit un
grand bruit en s'échappant, & c'eſt
ce qu'on appelle le bruit du Tonnerre.
Rohaut.

2 *Pluye de ſang.* Ce que le peuple
appelle *pluye de ſang*, n'eſt autre choſe
qu'un nombre innombrable d'inſectes
infiniment petits, de couleur de ſang,

parce qu'ils en ont la couleur.
Là se voyent ces monstrueux
accidens de l'air[1], ces effrayans
météores de feu qui errent & qui
se jouent des mortels curieux,

---

qui se forment dans des canaux & fossés
bourbeux, en une si prodigieuse quantité, qu'on croit qu'ils sont tombés du
Ciel, d'où ils tombent en effet quelquefois lorsque les brouillards les enlevent
dans les airs avec l'eau des canaux & fossés
où ils sont répandus imperceptiblement.

1 *Accidens de l'air*. L'air est un composé de parties très-actives & très-sen-
sibles ; c'est un mêlange de matiere subtile, & invisible, & de parties grossieres, qui en fait le ressort ; les parties
grossieres se forment de vapeurs &
d'exhalaisons qui s'élevent de la terre
par le mouvement continuel de la matiere subtile, & par celui que lui com-
munique le Soleil. L'air est insensible
lorsqu'il est sans ressort ; le mêlange
des parties grossieres avec la matiere
subtile, en fait l'élasticité. La machine
Pneumatique ou du vuide, en fournit plusieurs expériences.

A iiij

ſous tant de formes bizarres [1] ;
c'eſt-là d'où les vapeurs de la terre, attirées par le ſoleil en ſon
midi, & condenſées par la froi-
deur & l'humidité de la nuit,
retombent converties en roſée
bienfaiſante, qui tempére les ar-
deurs de la brûlante Canicule,
déſaltere les campagnes qu'elle
fertiliſe, & forme ce bel émail
de perles liquides ſur les plantes
qu'elle arroſe au lever de l'aurore.
Là ſe forment ces tourbillons,
d'où s'échappent les vents furieux
& les tempêtes, terreur du Nau-
tonier : de-là viennent les ſéche-
reſſes & les inondations ; c'eſt

---

1 *Formes bizarres.* Les matieres ignées
produiſent dans les airs ces accidens de
feu, ſous la forme d'*étoile courante,
étoile chéante, dragons volans, lances,
boucliers, animaux, cométes, feux follets, &c.* auxquels la ſuperſtition attache
des préſages ſiniſtres.

de-là que les Elémens qui tirent
leurs influences des corps céleftes, les communiquent aux fub-
lunaires pour opérer la généra-
tion & la corruption des mixtes[1];
enfin c'eft dans cette moyenne
région de l'air, où depuis la chute
du premier homme, & la dégradation[2] conféquente de la fphere

---

1 *Mixtes*. Tous les corps de la Re-
gion Élémentaire font appellés *Mixtes*,
comme étant compofés des élémens qui
ne fe trouvent point purs. Il y a deux
fortes de *Mixtes*, les *parfaits*, & les *imparfaits*; les *Mixtes parfaits*, font des
corps animés, où les élémens font tranf-
formés par un parfait mêlange, tels que
font les hommes, les bêtes, les plantes. Les *Mixtes imparfaits*, font des
corps inanimés, dont la forme n'eft pas
différente de celle des élémens, tels que
font les météores, les minéraux, les mé-
taux, &c.

2 *Dégradation*. Il eft certain qu'in-
continent après la chûte du premier
Homme, Dieu fit difparoître le prin-

A v

céleste & terrestre, un Démon par
usurpation, & par l'impénétrable

---

tems perpétuel qui regnoit sur la terre,
& qu'il ordonna aux Anges, ou Génies
malfaisans, de dégrader la sphere par
l'inclinaison de l'axe terrestre sur l'é-
cliptique ; situation nécessaire à la diversité des saisons. Cet axe ainsi déplacé
de sa situation perpendiculaire à l'or-
bite, a pû troubler l'Atmosphere, &
causer le déplacement de la mer ; & il
paroît vrai-semblable que cette inclinaison de l'axe, étant l'effet d'une se-
cousse violente donnée à l'Atmosphere
& à la Terre, en sorte que les dehors
de la terre qui contenoient l'abîme des
eaux, ayant été rompus, & la terre en
étant devenue irréguliere dans sa figure, le centre du volume de cette figure,
ne seroit plus le même que celui de la
gravité de tout le corps, plus massif d'un
côté que de l'autre. Ainsi le Soleil toujours égal en lui-même, n'est affoibli
par tout que par la diversité de ses as-
pects sur la terre, qui ne lui présente
pas les mêmes points, d'un jour à l'autre. *Spectacl. de la Nat. tom. 8. p. 82.*

tolérance du Très-Haut, regne
fur tous les corps élémentaires [1],

---

[1] *Elémentaires.* Il y a des Démons
répandus dans les airs, la chose est décidée ; S. Paul le dit formellement ; *Spi-*
ritualia nequitiæ in cœlestibus. S. Augus-
tin *de Civit. Dei. Liv. VII.* parle des
esprits aëriens qui ont leur demeure
au-dessous de la Lune dans la région
supérieure de l'air. S. Jérôme (*In mo-*
rali parte Hom. 22.) dit ,, *Est enim*
,, *hic aër ex communi Doctorum sententia*
,, *plenus Dæmonum, contra quos, ait*
,, *Chrisostomus, irreconciliabilis est ho-*
,, *mini pugna, non de rebus parvis sed*
,, *Cælestibus.* S. Thomas qui agite la
question s'il y a un double lieu de pu-
nition pour les Démons, la résout en
disant, qu'une partie de ces malins esprits, est dans les enfers pour y tour-
menter ceux qu'ils ont précipité dans
le crime ; tandis que l'autre partie se
tient dans l'air ténébreux, pour y exercer leurs tentations contre les hommes;
pendant que d'un autre côté, les bons
Anges les soutiennent dans ces tentations par leurs inspirations au bien & à
la vertu. *S. Thom.* 1*a.* *quæst.* 64.

& tient le Sceptre au milieu des Puiſſances Aëriennes, jadis Puiſ-ſances Infernales. Son palais chan-geant & mobile, fondé ſur le fluide de l'air, étoit ſoutenu de cent colonnes ſur leſquelles des nuages capricieuſement arran-gés formoient une eſpece de dô-me d'albâtre, que la riante aurore entrant par les portes du Ciel, pre-noit plaiſir de peindre elle - mê-me de ſon incarnat & de ſes roſes. Quatre portiques s'ouvroient ſur les quatre points de l'horiſon. Son trône porté ſur les aîles des qua-tre Vents, qu'il tenoit liés l'un à l'autre par une chaîne de dia-mans, flottoit dans le vuide ; les autres vents ſubalternes, ſe te-noient ſoumis & tranquilles, à côté des quatre principaux tyrans de l'air. Des nuages entaſſés, & diverſement colorés, formoient les degrés de ce trône, où l'on

pouvoit monter par les quatre
portiques ; mais ces portiques,
ces colonnes & ce trône, n'a-
voient point de couleur fixe, &
particuliere ; la feule réflexion du
foleil , & les divers accidens de
la lumiere en varioient l'éclat ;
une minute, un clein d'œil, en
changeoit les décorations & les
nuances ; le même inftant qui en
peint une, la voit effacée par une
autre, & celle-ci par une troifiéme, qui la confond dans fes mé-
langes inimitables. Peu avant le
lever de l'aurore , ces colonnes
tranfparantes reffemblent à de
brillans Saphirs [1]. Les premiers
feux de l'aftre du jour font-ils ve-
nus frapper les voûtes du Ciel,
ont-ils percé de leurs rayons obli-

---

1 *Saphirs.* Pierre précieufe orientale,
de couleur d'un bleu célefte & éclatant,
qui eft d'égale dureté avec la topafe.

ques le ſombre azur de ces colonnes, elles ſont ſoudain changées
en Sardoine [1] : bientôt, & lorſque le ſoleil montant à ſon zénith
verſe ſes feux brûlans ſur l'une &
l'autre zone, les portiques & les
colonnes ſont transformés en Rubis [2] ; le palais Aërien eſt tout en
feu ; le trône du Monarque gravement promené par les zéphirs
dans les plaines éthérées, le grand
voile de nuage flottant, dont il
eſt ombragé, & la draperie légére
de ſes vêtemens reçoivent diverſement, les diverſes impreſ-
ſions de la lumiere, ou plûtôt on

---

1 *Sardoine.* Pierre précieuſe d'un
rouge tirant ſur le blanc.

1 *Rubis.* Pierre précieuſe qui ſe
nourrit dans la mine, où premierement
elle blanchit, & en ſe meuriſſant elle
contracte ſa rougeur ; de-là vient qu'on
voit des rubis moitié blanc, & moitié
rouge ; moitié ſaphirs, & moitié rubis.

les voit conftamment opales¹. La
couronne même qui ceint fon
front riant d'un ris perfide, formée des plus vives pleurs de l'aurore, furmontée d'un gros efcarboucle ², brille plus ou moins,
felon les divers coups de lumiere
qui l'affectent, dans les différens

---

1 *Opales.* Pierre précieufe qui réunit diverfes couleurs ; on y voit le feu
du Rubis, le pourpre de l'améthyfte, le
verd de l'émeraude, & généralement
toutes les couleurs de l'Iris. Pline, & So-
lin parlent d'une pierre qu'ils appellent Exécontalithe, qui avoit foixante
couleurs, & qu'on tient une opale.

2 *Efcarboucle.* Pierre précieufe & fa-
buleufe, dont Pline & plufieurs autres
on dit beaucoup de merveilles. Ce n'eft
en effet qu'un gros Rubis, ou Grenat
rouge, brun & foncé, tirant fur le fang
de bœuf qui jette beaucoup de feu,
furtout quand il eft en *cabochon & che-
vé.* Cette pierre a la dureté de l'émeraude Orientale, & quelques-uns l'ef-
timent le plus après le diamant.

& rapides mouvemens de tête du Monarque ; on y voit briller tout à la fois, & dans un éclat confus, le diamant dans l'émeraude, le rubis dans le ſaphir, l'améthyſte[1] dans le beril[2] & ſur le tout, un triple rang de perles liquides, qui renvoyent aux yeux une couleur changeante, ſous les rayons réfléchis du ſoleil. Le Sceptre que le Monarque Aërien porte en ſa main, paroît tantôt d'or émaillé, tantôt de criſtal pur, & quelquefois de jaſpe[3] ; mais tout cet éclat inconſtant varie, & ſe perd lorſque le ſoleil précipite ſa courſe, pour aller rafraîchir dans les flots

---

1 *Améthyſte.* Pierre précieuſe d'un rouge de pourpre foncé.

2 *Béril.* Pierre précieuſe d'un verd pâle, ou verd de mer.

3 *Jaſpe.* Pierre précieuſe de diverſes couleurs, ſemblable à l'Agathe.

de l'Océan fes chevaux écu-
mant de feu, & fon char dont les
roues enflammées fe confume-
roient dans une trop longue &
trop pénible carriere. Alors les
colonnes & les portiques, le trône, le diadême, le fceptre, &
enfin tout le Palais Aërien cé-
dant aux caprices de la lumiere
expirante, perdent infenfible-
ment tout leur éclat ; les colonnes qu'elle avoit peint en pourpre s'évanouiffent ; les couleurs
nuancées fuyent à l'approche de
la nuit ; & la lune qui monte fur
fon char d'argent pour préfider
au filence & aux étoiles, réfor-
me les variations du jour par l'u-
niformité de fa lumiere, & ne
laiffe plus diftinguer le vafte Palais Aërien que fous la couleur
d'argent bruni. Là font répandus
mille & mille Démons, les uns
fous la forme de zéphirs légers &

perfides, qui portent les odeurs
fuaves de la terre au trône du
Souverain de l'air , & n'en rap-
portent aux malheureux humains
que des fouffles contagieux ; les
autres, efprits follets, fe jouent des
mortels fous l'apparence de fan-
tômes , de chimeres bifarres , de
cavaliers aîlés & armés , qui fe
livrent des combats dans les airs;
quelquefois ils fe préfentent fous
l'afpect de cométes finiftres, char-
gées d'annoncer la colere divine
aux habitans de la terre , & de
verfer fur eux les orages, les pef-
tes , les guerres & la famine, tous
fléaux qu'enfanta le péché d'accord avec la malice des hommes ,
& qui entrent dans les tréfors
cachés de la vengeance célefte.
Tels font les efprits malins qui
voltigent fans ceffe dans l'Empire du Monarque de l'air ; prêts
à troubler toute la nature au pre-

mier ordre , ils ne cherchent que l'occasion d'un bouleverse- ment général pour confondre la mer, la terre , & l'air , & n'en faire qu'un nouveau cahos. Ce fut là où Satan agité des noirs soucis qui le dévorent, se rendit en déployant ses aîles inégales & lugubres, dont les battemens af- freux troublerent le calme & la sérénité de l'Empire Aërien; alors se soutenant dans les airs sur ces mêmes aîles , il s'approche du trône du Prince de la puissance de l'air, & lui adressa la parole en ces termes :

Prince, dont l'Empire est fon- dé sur les atômes les plus subtils, & dont la domination claire & brillante fait partie des Royau- mes sombres , illustre Démon du midi[1], toi qui régis selon ta vo-

---

1 *Démon du midi*. Scuto circumda-

lonté suprême tout ce vaste hé-
misphére, & qui peux également
donner des jours séreins, ou agités ; invincible allié des Enfers,
verras-tu d'un œil indifférent l'ennemi de ces puissances travailler
à leur destruction ? Cet ennemi,
qui ne paroît qu'un foible mortel, n'est point à mépriser : fa-
vorisé du Ciel, il fait des prodiges au-dessus de l'humanité. Ses
vûes qu'on croit pacifiques, ne
tendent à rien moins qu'à nous
confiner un jour dans l'abîme ; il
se dit le *Fils de Dieu*, & le déposi-
taire de sa toute-puissance ; enflé
d'un titre si auguste, il se promet
de renverser notre Empire, &
d'élever ses Autels sur les débris
de nos Temples. Déja Législateur

---

bit te veritas ejus, non timebis à ti-
more nocturno, à sagittâ volante, ab
incursu & dæmonio meridiano. *Psal.*
90. v. 45.

nouveau, il se fait suivre par une multitude presque innombrable de peuple de toutes les nations. Il est tems d'arrêter le cours de ses conquêtes : porte tes regards sur la mer de Tibériade, & sur ce navire qui vogue à pleines voiles ; considere cet homme endormi sur le tillac, vêtu à l'Orientale d'une longue robe de couleur d'hyacinthe [1] ; c'est-là notre ennemi, & celui que tu as à combattre. N'attens pas qu'il te prévienne, & qu'il te précipite de ton Trône Aërien ; il le peut, s'il l'entreprend, & il l'entreprendra si tu lui en donne le tems. Profite de son sommeil, tonne, gronde, éclatte, frappe, toi dont l'autorité ne connoît point de bornes

---

[1] *D'Hyacinthe.* Fleur ordinairement bleue, quelquefois de couleur de chair, quelquefois approchante du purpurin.

sous le soleil; toi qui commande
aux élémens, & qui peux en un
instant submerger l'Univers; dé-
lie les vents, ordonne au furieux
aquilon de susciter une tempête
sur cette mer. Tu la dois au puissant Monarque qui te la demandes; tu te la dois à toi-même, &
à ta propre sûreté. Périsse notre
ennemi commun; périsse le redoutable adversaire des Enfers;
& que son réveil le trouve enseveli dans le sein de l'onde amere.

Tel fut le discours de l'artifi-
cieux Satan, que le monarque
de l'air applaudit, en secouant
fortement sa tête ombragée d'un
arc nébuleux de trois couleurs,
& cet ébranlement qui agita
l'air, fut le signal de la guerre
que les vents déchaînés com-
mencerent. Aussitôt le monarque aërien, déterminé par le
ressort de son propre intérêt,

lança rudement son sceptre de feu contre les cataractes du firmament. A l'instant toutes les malignes influences s'empresserent d'en sortir; du côté du Midi, de noirs nuages s'avancent, & s'étendant dans le Ciel en effacent le brillant azur. Le Soleil brusquement investi de sombres brouillards, combat en vain les nuages conjurés, qu'il ne perce que de quelques rayons obliques & impuissans. Bientôt il est éclipsé, & sa lumiere fugitive & pâle, cede la place aux horreurs d'une nuit profonde. Une pluye [1] mêlée de grêle tombe en abondance; d'affreux torrents coulent déja des montagnes, comblent les vallées, & dans leur cours précipi-

1 *Pluye.* Pluvia & venti, & quæcumque solo motu locali fiunt, possunt causari à Dæmonibus. *S. Thom.* 1*e*, *quæst. 8.*

té , ils entraînent les riches moiſ-
ſons , & avec elles l'eſpérance du
Laboureur diligent. Les vents
échappés [1] de leurs liens , ſe livrent un rude combat ; le brû-
lant *Auſter* [2] tyran des mers , &
le fougueux *Aquilon* ſon rival ,

---

1 *Vents échappés*. Le vent eſt un air
rarefié , qu'on met au rang des Méteo-
res. Les Anciens ont fort varié ſur le
nombre des vents ; ils n'en connoiſ-
ſoient ni les diviſions , ni les quartes,
Leurs noms ſont pour la plûpart inven-
tés par les modernes & factices. Ariſ-
tote n'en compte que onze. Vitruve
en met vingt-quatre ; & les Modernes
trente-deux. Sur l'Océan les vents ont
des noms Allemans , & Flamans , qu'on
dit avoir été impoſés par Charlemagne
Roi de France & premier Empereur
d'Occident. Sur la Méditerrannée les
noms des vents ſont Italiens ; mais ſoit
dans l'une ſoit dans l'autre Mer , ces
noms barbares ne ſont guéres connus
que par les Pilotes & par les Marins.

2 *Auſter*. Vent du midi.

ennemis

ennemis implacables , se cho-
quent avec des siflemens aigus.
Mille vents ameutés , troupe
ignoble & barbare, *collateraux*[1],
sans nom prennent parti dans
leur querelle , & la rendent générale. Leur soufle séditieux sou-
leve les flots ; la mer n'est plus
une glace unie & transparente,
elle mugit avec plus de bruit que
les chiens fabuleux de Scille[2]

---

1 *Collateraux*. Les quatre Vents *Cardinaux* sont le *Levant* , le *Midi* , le
Couchant , & le *Septentrion*. On les appelle *Cardinaux* , parce qu'ils visent
aux quatre points de l'Horison ; les autres sont nommés *Collatéraux* , & n'ont
point de nom particulier.

2 *Scille*. Promontoire ou Rocher de
Sicile , sur le bord de la Mer vis-à-vis
le Phare de Messine. Les Poëtes fei-
gnent que *Scille* est un monstre marin
environné de grands chiens , qui l'abboyent sans cesse , à cause du bruit que
font les eaux de ce Phare par le choc

n'abboyent dans les creux rochers de la Sicile. Les vagues
mutinées ſe chaſſent les unes les
autres, & follement irritées,
elles ſe replient ſur elles-mêmes,
ou ſe briſent contre les rochers
qu'elles blanchiſſent de leur écume. Les éclairs multipliés per-
cent les nues, & leur pâle lumiere qui brille par intervalle,
ne laiſſe diſcerner que le péril, le
naufrage & la mort. Le choc général augmente la terreur, Pierre
tâche en vain de ranimer le courage de ſes compagnons ; amis,
leur crie-t'il, réuniſſons nos efforts, doublons la manœuvre,
roidiſſons-nous contre l'orage,

---

qu'elles ſe donnent les unes contre les
autres, en ſorte que lorſqu'elles frappent avec violence l'écueil de Scille,
on croit entendre des chiens qui abboyent.

baiſſons les voiles, rangeons la poupe, n'abandonnons pas le gouvernail, & garantiſſons du nauffrage le divin Maître que nous avons ſur notre bord : il crie, mais les vents emportent le ſon de ſa voix ; Philippe retiré dans un coin du navire, marque ſa crainte par la pâleur de ſon front, ſes cris & ſes gémiſſemens ; le ſombre Iſcariot par ſes regards taciturnes, ſemble accuſer le Ciel, & braver la tempête, tandis que ſon ame impie & tremblante, maudit en ſecret le jour qui l'attacha à Jeſus. Les autres compagnons de l'homme-Dieu, interdits & troublés, manœuvrent en vain ; battus de la tempête, & devenus le jouët des vents, ils errent à l'aventure, ſans mât & ſans voile ; tantôt ſur le ſommet d'une vague écumante, ils n'apperçoivent ſous leurs pieds

que des gouffres entr'ouverts, &
le trépas au fond des gouffres ;
& tantôt au centre des abîmes,
ils ne voyent ſur leurs têtes, que
des montagnes mugiſſantes &
liquides; leur gouvernail emporté d'un coup de mer, acheve de
les jetter dans la derniere déſo-
lation; plus de reſſource que dans
leur divin chef, qui ſeul tranquille au milieu des allarmes, dor-
moit d'un profond ſommeil. Pierre, que tout eſpoir avoit abandonné, accourt vers l'homme-Dieu,
tous le ſuivent en déſordre, &
ſe proſternant à ſes genoux les
mains levées vers lui, ils l'éveillent, en implorant ſa puiſſance
avec larmes, & ils lui diſent tous
en même tems; Seigneur, ſauvez-
nous, nous périſſons. Alors le
divin Héros ſe leve ſans s'émouvoir, il porte la vue vers l'endroit d'où venoit l'orage, & fi-

xant ses regards sur Satan, l'auteur de cette noire entreprise,
qui planoit dans les airs au-
dessus des vents & des tempêtes,
& qui tressailloit de joye, bat-
tant des aîles, en signe de satis-
faction de voir périr son ennemi :
Jesus s'écrie » ô insensé, ton ar-
» rogance t'a déçu, & l'orgueil [1]
» de ton cœur t'a trompé ; ô
» toi qui habite les cavernes de
» la pierre, éleve ton trône, si
» tu l'oses, aussi haut que l'aigle,
» je sçaurai reprimer ton auda-
» ce, & te faire ramper ainsi que
» le plus vil reptile ?.. Et vous,

---

1 *Ton orgueil.* Superbia cordis tui
extulit te, habitantem in scissuris pe-
trarum, exaltantem solium tuum qui
dicis in corde tuo, quis detrahet me
in terram, si exaltatus fueris ut Aquila,
si inter sidera posueris nidum tuum,
inde detraham te, dicit Dominus. *Abd.*
3. 4.

» hommes de peu de foi, vous
» qui avez si souvent bravé les
» écueils de cette mer orageuse,
» vous êtes mes compagnons,
» je suis avec vous & vous trem-
» blez, » Puis étendant la main,
il commande aux vents [1] & à
la mer ; à sa parole [2] Satan tombe, les vents se taisent [3], les
nües fuyent, les flots s'appaisent,
& un grand calme succede à l'o-
rage.

　　Cependant le navire de l'hom-

---

1 *Aux vents.* Imperavit ventis, &
mari, & facta est tranquillitas magna.
Math. 8. 26.

　2 *A sa parole.* Cujus jussio fortis &
dispositio terribilis, cujus aspectus are-
fecit abyssos, & indignatio tabescere
fecit montes, & veritas testificatur. 4.
Esdr. 8. 23.

　3 *Les vents se taisent.* Dixit & statuit
procellam ejus in auram, & siluerunt
fluctus ejus. *Psalm. 106.*

me-Dieu aborde dans la basse Galilée. Ses compagnons ravis d'être échapés[1] à la tempête, sautent avec empressement sur le rivage, & font éclater à l'envi leur joye & leur reconnoissance, en se jettant aux pieds de leur divin chef, qui sans s'arrêter, prend la route de sa patrie : Nazareth, tu le revis, mais indigne d'être témoin de ses prodiges[2], ce Pro-

---

1 *Ravis d'être échappés.* Et lætati sunt quia siluerunt, & deduxit eos in portum voluntatis eorum. *Ibid.*

2 *Prodiges.* Jesus - Christ qui connoissoit le fond de leurs cœurs, ne voulut point se donner en spectacle aux Nazaréens ses compatriotes, dont il lisoit les mauvaises dispositions à son égard; il leur refusa même un miracle en prononçant cet oracle infaillible qui s'accomplit tous les jours. *Personne n'est Prophète en sa Patrie.* A son exemple, gens de vertu & de mérite, fuyez loin de la vôtre, où vous serez toujours méconnus, enviés, ou méprisés.

phète que tu n'avois regardé que
comme le fils d'un artiſan [1] mercénaire, Jeſus ne voulut point
ſatisfaire à ta curioſité maligne [2].
De Nazareth le Fils de l'Eternel
paſſe à Naïm [3]; il y fait un miracle, le fils unique d'une veuve dé-
ſolée éprouve ſa puiſſance & ſa
pitié, d'un ſeul mot il l'arrache des
bras de la mort, & du cercueil
où l'on portoit ſon cadavre au
tombeau. Le jeune homme reſ-
ſuſcité revient dans la ville &
dans ſa maiſon, où la joye &

---

1 *Artiſan mercénaire.* Nonne hic eſt
filius Fabri. *Math.* 13. 55.

2 *Curioſité maligne.* Neque enim fra-
tres ejus credebant in eum, & ſcandaliza-
bantur ; & non fecit ibi virtutes multas
propter incredulitatem eorum. *Math.*
13. 58.

3 *Naïm.* Ville de la Tribu d'Iſſachar
dans la Galilée, à une demie lieue de
Nazareth.

la fatisfaction rentrent avec lui.
De Naïm , l'homme - Dieu fe
rend à Jérufalem. La folemnité
de la Pâque y avoit raffemblé
tous les peuples d'Ifrael , pour
facrifier dans fon temple. On y
voyoit chaque famille fe diftinguer par le nombre faftueux des
victimes qu'elle offroit bien au-
deffus de fes pouvoirs ; mais cette
orgueilleufe émulation n'étoit
plus qu'une cérémonie exterieu-
re , un facrifice vuide de foi que
le feul efprit de diftinction animoit. Par tout on égorgeoit con-
fufément des agneaux , des boucs
& des taureaux , par les mains des
facrificateurs avares & intéreffés ,
qui préfentoient des hofties fans
choix [1] , toujours rejettées par la

---

1. *Hofties fans choix.* L'ordre des facrifices & le choix des victimes , étoit
fpécialement réglé & ordonné au Lévi-

B v

Divinité [1]. De-là ce concours de

---

tique, par la Loi de Moïſe. Les ſacrifices étoient de deux ſortes, publics &
particuliers. Quand la victime étoit entierement conſumée par le feu, on
nommoit ce ſacrifice un *Holocauſte*, &
il étoit public. Quand la victime étoit
offerte en actions de grace, elle étoit
mangée par ceux qui l'offroient, & c'é-
toit-là un ſacrifice particulier. Quant
au choix des victimes, ſoit bœuf, ſoit
agneau, ou chevreau, ce devoit être
un mâle d'un an, n'être eſtropié d'aucun membre, n'être ni borgne, ni boi-
teux, & n'avoir ni meurtriſſûre, ni ci-
catrices, & avoir la langue entiere.
Toutes ces choſes ne s'obſervoient guéres, & les Sacrificateurs impurs, ſans
avoir offert pour eux un ſacrifice d'ex-
piation, & ſans obſerver ni le tems ni
les cérémonies preſcrites, immoloient
indifféremment les victimes, & les
mangeoient dans le Sanctuaire avec
ceux qui venoient les offrir.

    1 *Toujours rejettées par la Divinité.*
Quis eſt in vobis qui claudat oſtia, &
incendat Altare meum gratuito : non

vendeurs & d'acheteurs, qui inon-
doient le parvis du Temple, &
qui s'introduisant dans son enceinte, étaloient des bureaux jusqu'aux pieds des Autels. Guidé
par la Religion, & plein de l'esprit de son Pere, Jesus entre dans
le Temple, il voit le scandale,
& il en frémit. O esprit de force,
retracez-nous les effets de ce zele
dévorant, dont vous animâtes le
Fils de Marie, lorsque sa parole,
telle qu'un glaive de feu, écar-
ta les profanateurs [1] du Temple.

---

est mihi voluntas in vobis, dicit Dominus exercituum, & munus non suf-
cipiam de manu vestra. *Malach. c. 1.*

[1] *Ecarta les Profanateurs.* On ad-
mire, & avec raison, comment un
homme seul & sans autorité parmi le
peuple, ait pû chasser les Marchands du
Temple. S. Jérôme sur cet endroit,
dit qu'entre tous les miracles de Jesus-
Christ, il n'en reconnoît point de plus

Humblement proſterné , Jeſus
offroit à Dieu ſa fervente priere,
que des cris confus , & des voix
profanes interrompoient. A l'inſtant la douceur de ſon front diſ-
paroît ; une pieuſe indignation
brille ſoudain dans ſes yeux , il
ſe leve , & ſe montrant à la multitude , il crie d'une voix terrible :
» Fuyez , profanes , ames viles &

---

grand que celui qu'il fit en cette occaſion. En effet , quoi de plus étonnant
que de voir un homme ſeul , qui paroiſſoit alors ſi mépriſable que bientôt après il fut mis en Croix , chaſſer
malgré les Scribes & les Phariſiens une
troupe de Vendeurs qui profanoient le
Temple. Ce Pere croit qu'en cette occaſion J. C. imprima par la majeſté de
ſon viſage , & par l'éclat tout divin qui
parut ſur ſa perſonne , une frayeur , &
des ſentimens de reſpect dans l'eſprit
de ces hommes , qui les empêcherent
de lui réſiſter. *Calmet. Hiſt. de la vie
de J. C.*

» mercénaires , mon Sanctuaire
» vous est interdit ; éloignez-
» vous, la Maison de mon Pere
» est une Maison de priere [1] &
» de recueillement ; Dieu veut
» des hosties dignes de lui «. A
ces mots , armé d'un fouet [2] qu'il

---

1 *De priere.* Si ergo Dominus nec ea
venundari in Templo, quæ in Templo
volebat offerri , videlicet propter stu-
dium avaritiæ sive fraudis, quod pro-
prium solet esse Negociantium facinus :
quanta putas animadvertione puniret ,
si invenisset ibi aliquos risui , vel vani-
loquio vacantes, aut alios cuilibet vitio
mancipatos. Si enim ea quæ alibi liberè
geri poterant, Dominus in domo suâ
temporalia negotia geri non patitur :
quanto magis ea quæ nusquam fieri
licet , plus cœlestis iræ merentur , si in
ædibus sacratis agantur. *Venerab. Bed.*
Hom. 7. in quadrag.

2 *Armé d'un fouet.* Jesus-Christ chasse
les Vendeurs du Temple par deux fois.
A la premiere il a un fouet à la main ,
& il leur dit, *de sortir de la Maison de*

trouve fous fa main, il fond fur

---

fon Pere. A la deuxiéme, il n'eft point
armé, & il leur dit *que fa Maifon eft
une Maifon de priere, & non une caverne
de voleurs, qu'ils en fortent.* On a re-
marqué que la premiere fois J. C. parle
au nom de fon Pere, & la deuxiéme
fois en fon propre nom, comme héritier de toutes chofes. S. Paul dans l'É-
pître aux Hébreux nous dit pourquoi :
*Omnis domus fabricatur ab aliquo : qui
autem creavit omnia Deus eft, & Moïfes quidem fidelis erat in tota domo ejus
tanquam famulus... Chriftus verò tanquam Filius in Domo fua.* Hæbr. c. 3. ỿ.
4. 5. 6. Il y a dans le Latin, que Jefus-
Chrift fit un efpece de fouet, *quafi
flagellum,* mais *quafi* n'eft pas dans le
Grec, & néanmoins Grotius a raifon de
dire que S. Jean ne met un fouet dans
la main de J. C. que comme un figne
de fa colere, & non comme l'inftru-
ment de fa Puiffance. *Tacitè innuit
Scriptor ejectionem factam non tenui flagello, fed Majeftate divinâ, flagello iræ
tantum divinæ fignum fuftinente.* Grotius
in Joan. 2. tom. 11. pag. 484.

la multitude ; un trouble mêlé
de crainte & de respect disperse
les acheteurs & les vendeurs ; les
bureaux des Changeurs sont renversés, les piéces d'argent roulent en tombant sur les degrés
du Temple, & dans la poussiére
de son Parvis ; l'avidité de la foule intéressée, augmente la confusion ; les cages sont brisées, les
timides colombes, & les chastes
tourterelles s'envolent ; les brebis effarées s'échappent en bêlant,
les taureaux beuglent en fuyant.
Les voûtes du Temple en reten-
tissent. Tous portent leurs regards
mal assurés, sur celui qui cause
leur effroi ; & quoiqu'il ne leur
paroisse qu'un foible mortel, ils
ne peuvent soutenir le feu terrible de ses yeux. Ce fut inutilement que Satan, témoin de la dé-
route des impies, essaya de les
rassurer, & d'inspirer aux Prin-

ces des Prêtres l'audace de borner
ce zele naiſſant. La frayeur qui
faiſit leur ame, les prive de tout
entendement; ſemblables à une
troupe de cerfs timides qui ne
cherchent qu'à s'éloigner du chaſ-
ſeur qui les pourſuit, tels ces hommes interdits & tremblans cedent au torrent qui les entraîne.
Un Pontife Phariſien fut le ſeul
qui oſa réſiſter en face au Chriſt
foudroyant. Galiléen, qu'un faux
zele tranſporte, apprens-nous,
lui, dit-il, de quel droit, & par
quel autorité tu agis ? Quel ſigne
donnes-tu [1] de ta miſſion ? La
preuve en ſera facile, répondit
Jeſus, détruiſez ce Temple [2], &

---

1 *Quel ſigne donnes-tu.* Quod ſignum
oſtendis nobis, cur hæc facis ? *Joan.*
2. *18.*

2 *Détruiſez ce Temple.* Solvite tem-
plum hoc & in tribus diebus excitabo

trois jours me fuffiront pour le
relever avec un nouvel éclat.
Quoi, reprirent quelques Phari-
fiens revenus de la frayeur générale, quarante-fix ans entiers ont
été employés à élever un édifice
fi fomptueux, & tu prétens le re-
bâtir en trois jours ? Les Phari-
fiens achevoient à peine ces mots,
qu'une foule tumultueufe fit entendre des cris réitérés en s'avançant ; au milieu étoit une femme
éplorée, & les cheveux épars [1],
que des hommes robuftes traî-
noient violemment au fupplice [2],

---

illud... Ille autem dicebat de Templo
corporis fui. *Ibid.*

1 *Cheveux épars*. C'étoit une infamie aux femmes Juives d'être écheve-
lées, c'eft pourquoi ceux qui avoient
furpris la femme adultere dans le crime, lui avoient dénoué & éparpillé fes
cheveux. *Bafnage. Hift. des Juifs. t. 6.
Chap. 23.*

2 *Au fupplice.* Un fçavant a remar-

pour avoir été surprise en adul-

---

qué dans les Coutumes des Juifs, que
le mari étoit obligé de défendre à sa
femme en présence de deux témoins
d'avoir aucun commerce avec la personne qui lui étoit suspecte, & que le
défaut de cette formalité étoit une raison suffisante pour garantir de la mort
celle qui étoit accusée. Maimonides
l'enseigne formellement. En suivant
cette regle, les Pharisiens tendoient à
Jesus-Christ un piége fort subtil, en
l'obligeant de se déclarer en faveur de
la Loi contre la tradition, ou bien en
faveur des Docteurs contre la Loi qui
condamne l'adultere à la mort. *Toi, que
dis-tu ? Veux-tu la condamner à la mort
selon la Loi, ou l'absoudre en suivant
les Docteurs ?* Mais est-il besoin d'a-
voir recours à *Maimonides*, ou à *Raschi*
pour expliquer l'Evangile ? Surtout depuis que la *Misnah* qu'ils ont commen-
tée n'exempte de la mort que les coupables qui confessoient leur crime, &
n'exige point l'avertissement, comme
une chose absolument nécessaire pour
la lapidation : il suffit de faire at-

tere. Déja une troupe de zélateurs, & de jeunes gens armés de
pierres & de cailloux la devan-

---

tention à l'état où se trouvoient les
Juifs du tems de Jesus-Christ pour trouver tout le nœud de la difficulté. Ils
avoient perdu le droit de vie & de
mort. Cependant la Loi condamnoit
les adulteres à être lapidés, celle-ci
avoit été surprise en flagrant délit ; il
falloit donc que Jesus-Christ décidât
contre la Loi qui infligeoit la mort,
ou contre les Romains qui ne permet-
toient pas de faire mourir personne, &
qui l'auroient moins encore permis pour
un crime comme l'adultere, qui n'é-
toit point capital chez eux. S. Chrisos-
tôme nous conduit-là ; car il remarque
que les Pharisiens avoient tenté J. C.
en lui demandant, s'il falloit payer le
tribut à César, ou lapider l'adultere.
Les deux tentations étoient de même
nature, & exposoient Jesus-Christ à la
censure des Juifs zélés pour la Loi, ou
à l'autorité des Romains qui l'auroient
traité de rébelle. *Basnage Hist. des
Juifs. tom. 6. l. 6. Chap. 23.*

çoient en frémiſſant de colere. Un jeune homme ſe diſtinguoit ſur tous les autres, par ſes cris de fureur, & d'emportement, on le nommoit *Saul*, il ſe livroit à toute l'impétuoſité de ſon caractere : un jour ce zele corrigera ſes excès par de plus nobles exploits, & de plus heureuſes deſtinées. Déja la pâleur de la mort paroiſſoit dans les yeux, & ſur les levres livides de cette malheureuſe captive, lorſque les Princes des Prêtres, & les Pontifes apprenant la cauſe de la rumeur publique, déliberent pour ſe vanger du nouveau Légiſlateur, de lui tendre un piége : inſpirés par Satan qui dirige leurs cœurs, ils ſe diſent les uns, les autres, « produiſons cette femme à notre prétendu Meſſie, s'il l'abſout, le peuple indigné le lapidera lui-même, comme violateur de la Loi de Moïſe;

» s'il la condamne, nous le ferons
» paſſer pour un homme cruel &
» ſanguinaire , auprès des Ro-
» mains, & il deviendra l'objet de
» la haine publique. » Ils diſent,
& auſſi-tôt enchaînant la fureur
populaire par leur préſence, ils
amenent [1] à Jeſus cette femme
pour prononcer ſon jugement ;
mais par un détour admirable ,
cet homme terrible , déridant ſon
front ſévere, ne voit en elle qu'un
objet de pitié & de miſéricorde ;

---

[1] *Ils amenent.* On demande quel
pouvoit être le motif de ces Juifs d'a-
mener à Jeſus-Chriſt une femme ſurpriſe en adultere. Les P.P. entr'autres, S. Auguſtin & S. Ambroiſe croyent
qu'ils vouloient éprouver s'il pronon-
ceroit quelque choſe contre la Loi de
Moïſe, afin d'en prendre occaſion de
le lapider , comme un ſéducteur qui
détruiſoit la Loi. *Calmet Hiſt. de la vie
de J. C.*

loin de lui faire subir la peine portée par les loix, lui-même devient son défenseur ; & pour toute réponse s'inclinant, il écrit [1] sur la poussiere le jugement de ses accusateurs ; puis se relevant & les fixant tous les uns après les autres, il s'écrie, que celui de vous qui est sans péché [2], jette la premiere pierre à

---

1 *Il écrit.* Jesus-Christ pour confondre les Accusateurs de la femme adultere, écrivoit sur la poussiere leurs actions les plus cachées & les plus criminelles, ce que voyant ils sortoient les uns après les autres, couverts de confusion de ce que Jesus-Christ connoissoit le fond de leur conscience, & dans la crainte qu'il ne les revelât publiquement. *Basnage. Nouvelle Histoire des Juifs.*

2 *Sans péché.* Le Jugement que le Sauveur rend en cette occasion est bien remarquable ; il rappelle chacun à sa propre conscience, & commence

cette femme; & s'inclinant de-
rechef, il écrivoit encor sur la
poussiere, pendant que les Pontifes & les zélateurs sortent les
uns après les autres, interdits &
confus.

Satan vit leur défaite, & sentit en ce moment sa foiblesse &
la leur; jaloux de voir accroître
l'empire de son illustre adversaire par un ascendant de puissance
qui lui soumet tout, irrité de se
voir arracher des sujets qu'il
comptoit gouverner toujours, &
convaincu de l'impuissance de
ses efforts, Satan cherche encore
en lui-même de nouveaux expé-
diens. C'est ainsi que le Batave
diligent à observer ses digues qui
donnent un frein à l'Océan, veil-

par-là à établir la Loi de charité ;
qui ordonne de se juger soi-même ,
avant que de juger son prochain.

le à la ſureté des Provinces Bel-
giques ; apperçoit-il une ouverture tant ſoit peu conſidérable,
ſans délai, quoique ſeul, il donne ſes ſoins à la boucher ; mais ſi
l'eau qui le gagne, aggrandit la
bréche, & coule à torrens, alors
la crainte d'être entiérement ſub-
mergé lui fait appeller des ſe-
cours étrangers; il ſonne l'allarme
dans tous les villages & bourgs
circonvoiſins, & emprunte le ſe-
cours de mille bras pour réparer
la digue entamée. Tel Satan ne
pouvant remédier aux bréches
faites à ſon Empire, ni tenir ſeul
contre les progrès de l'homme-
Dieu, cherche de nouvelles reſ-
ſources dans le conſeil de ſes Démons, qu'il convoque à grand
bruit ſur le Liban. Dociles à ſes
ordres, tous les eſprits de ténebres
accourent en volant à travers les

airs

airs que leur nombre & leur noirceur obscurcissent, & lorsque l'assemblée infernale est formée, & que chaque Démon a pris séance selon son rang, le sourcilleux Satan, assis sur le tronc d'un cedre, plus élevé que les autres, ouvre gravement le discours en ces termes :

Puissances infortunées, trônes injustement dégradés, Principautés ténébreuses, autrefois le plus bel ornement de la Cour Céleste, & que je vois avec une douleur toujours nouvelle défigurés sous les formes horribles ausquelles notre ennemi nous a assujetti par sa victoire; puissances infernales c'est assez goûter les douceurs du repos, il est tems de partager mes allarmes, & de sortir de l'assoupissement où vos longues prospérités vous retiennent depuis tant de siécles. La

Tome II. C

victoire par laquelle je vous les procurai, quoique complette, ſur l'homme que j'ai rendu notre eſclave, n'eſt point aſſez déciſive entre Dieu & l'enfer, pour m'ôter tout ſujet d'inquiétude ; une menace, (faut-il le rappeller) une menace me fut faite ; lorſque par mes intrigues, l'homme ſimple & crédule, ſortant de ſon état d'innocence, perdit le Paradis. Cette menace du Tout-Puiſſant dont les termes miſtérieux ſembloient ne regarder que le ſerpent [1], étoit une ſentence al-

---

1 *Serpent.* L'ancien ſerpent dans le livre de Moïſe eſt comme une énigme ſuffiſante dans ſa premiere face pour le peuple Hébreu. Mais une énigme dont le ſens complet ſe découvre aux Chrétiens dans l'Évangile. C'eſt donc énigmatiquement qu'il eſt dit & promis dans ce livre, que le fils de la femme écraſera la tête du ſerpent. L'Évan-

légorique qui me défignoit, pour en avoir emprunté l'organe. Si je fus profcris fous la forme de l'animal reptile, vous ne le fûtes pas moins dans la perfonne de votre Souverain. Qui fçait fi ce tems critique n'eft point arrivé ? ce tems ou la race de la femme doit nous écrafer la tête. Car enfin fix luftres [2] & plus font écoulés depuis le filence forcé de nos oracles [2]; & ce filence ne peut

---

gile en explique le fens plein & entier, en nous montrant celui qui n'a point de pere, le fils de la femme fortant victorieux de la tentation, devenu vainqueur de la mort par fa réfurrection, & commençant à détruire par tout l'œuvre de l'efprit féducteur. *Spect. de la Nat. tom. 8. pag. 71.*

1 *Six luftres*, trente ans, un luftre étant de cinq ans.

2 *Oracles.* Les Oracles, felon l'opinion d'Eufebe, ont entierement ceffé à la naiffance de Jefus-Chrift; on a vou-

être qu'un avant-coureur du coup

---

lu inférer qu'ils subfiftoient encore dans
le quatriéme fiécle, par les Loix des
Empereurs Théodofe, Gratien & Valentinien qui défendoient d'aller con-
fulter les Oracles. Les Loix de ces Empereurs ne prouvent pas que les Oracles exiftaffent ; elles prouvent feulement que la fuperftition d'aller confül-
ter les Oracles des Payens n'étoit pas
encore éteinte, malgré les lumieres du
Chriftianifme. Au refte, il y a deux
opinions fur les Oracles : la premiere
eft des Sçavans, & des Philofophes qui
ont crû, avec quelque fondement, que
les Oracles n'étoient que l'effet de la
fourberie, de l'adreffe, de l'avarice &
de l'impofture des Prêtres du Paganifme, fondées fur la crédulité fuperftitieufe des peuples ignorans. La deuxiéme opinion eft celle des PP. de l'Eglife
qui n'ont pas héfité de croire, fur de
bons garans, que les Démons rendoient
des Oracles ; mais ils conviennent pref-
que tous que ces Oracles ont ceffé à la
Naiffance de Jefus-Chrift, & que les
Oracles poftérieurs n'ont été que les

mortel, qui doit borner nos prof-

_____

organes de l'imposture des Prêtres des
faux Dieux. Eusebe a tiré des écrits de
Porphire ce grand ennemi des Chrétiens, une preuve de la cessation des
Oracles par les trois qui suivent. Voici
le premier.

1. Gemissez Trepiés, Apollon vous
quitte, il vous quitte forcé par une lumiere Céleste. Jupiter a été, il est, &
il sera. O grand Jupiter ! hélas mes fameux Oracles ne sont plus.

Le second est pour la Diane d'Ephe-
se... La voix ne peut revenir à la Prê-
tresse, elle est déja condamnée au silence depuis longtems. Faites toujours
à Apollon des sacrifices dignes d'un
Dieu.

Le troisiéme est pour Delphes. Malheureux Prêtre, disoit Apollon à son
Prêtre, ne m'interroge plus sur le divin
Pere, ni sur son Fils unique, ni sur
l'esprit qui est l'ame de toutes choses.
C'est cet esprit qui me chasse à jamais
de ces lieux.

Auguste déja vieux, voulant se choi-
sir un Successeur à l'Empire, alla con-

pérités ſur la terre , & mettre
le comble à nos malheurs. Le
ſouverain maître des Cieux ſemble nous menacer de nouveau ,
& nous pourſuivre encore ici-
bas ; mais il faut le braver , &
ne rappeller le ſouvenir humiliant de la guerre du Ciel où nous
avons ſuccombé ſans être anéan-
tis , que pour reprendre notre ancienne audace , jadis l'effroi du
firmament , & par de nouveaux
combats balancer la puiſſance
divine , & forcer l'Eternel à nous
céder pour toujours l'empire du

ſulter l'Oracle de Delphes. L'Oracle
ne répondoit point, quoique cet Empereur n'épargnât ni ſacrifices , ni les
offrandes. A la fin il en tira cette réponſe.

L'enfant Hébreu à qui tous les Dieux
obéiſſent , m'a chaſſé d'ici , & me renvoye
dans les Enfers ; ſors de ce Temple ſans
parler. Suidas, Nicephore, Cedrenas, &c.

monde, si justement acquis par tant de travaux & de peines.

Grands Princes, voilà le sujet qui m'a fait convoquer cette illustre assemblée. Il est à propos de prendre des mesures convenables aux conjonctures présentes; mais avant toutes choses, il est nécessaire que je remette sous vos yeux un tableau abrégé de ce qui s'est passé sur la terre depuis la création de l'homme, & de recueillir toutes les circonstances qui nous aideront à parvenir aux moyens de parer les disgraces futures, & vous allez juger de mes allarmes par le sujet qui les cause.

Vous sçavez que le grand motif qui me porta à séduire le premier homme, fut moins l'effet d'une basse jalousie du prétendu bonheur dont Adam & sa postérité devoient jouïr à jamais, &

C iiij

à notre excluſion dans le Paradis terreſtre, que la ſecrette envie de faire échouer les ambitieux
projets de l'Eternel; & puiſqu'il
n'étoit point en notre pouvoir
de traverſer le Créateur dans le
grand ouvrage de la création,
il falloit du moins travailler à
nous aſſujettir la créature; &
voici quel fut le ſuccès de cette
fameuſe entrepriſe que j'exécu-
tai malgré la vigilance des Anges, auſquels Dieu commît la
garde & le ſoin de veiller ſur
Adam & ſur ſa poſtérité.

Le premier homme ſortoit à
peine du néant, qu'oubliant ſes
engagemens avec le Ciel, il ſe
laiſſa ſurprendre aux appas d'une
fortune menſongere, & ſa premiere démarche, d'enfant de
Dieu qu'il étoit, le rendit [1] l'eſ-

---

1 *L'eſclave du péché.* Sic per unum

clave du péché & le fit exiler dans une terre inculte[1], qu'il ne peupla que d'habitans malheureux. Sa race perverſe le ſuivit de près : Caïn ſon premier-né, trempa ſes mains jalouſes dans

---

hominem peccatum intravit in mundum, & per peccatum mors : & ita in omnes homines pertranſiit in quo omnes peccaverunt. *Rom. 5. 12.*

1 *Exiler dans une terre inculte.* Poſt peccatum exul effectus, ſtirpem quoque ſuam, quam peccando in ſe tanquam in radice vitiaverat pœna mortis & damnatione obſtrinxit : ut quidquid prolis ex illo, & ſimul damnata, per quem peccaverat, conjuge, per carnalem concupiſcentiam, in quæ inobedientiæ pœna ſimilis retributa eſt, naſceretur, traheret originale peccatum, quo traheretur per errores, doloreſque diverſos ad illud extremum cum deſertoribus Angelis, vitiatoribus & poſſeſſoribus & conſortibus ſuis, ſine fine ſupplicium. *Ex lib. Enchiridii S. Auguſt. cap. 25. 26. 27. tom. 3.*

le ſang innocent, & fit voir pour
la premiere fois un ſpectacle inconnu ſur la terre, l'image de
la mort dans la perſonne du juſte
Abel ſon frere. Caïn ne tarda
pas à recevoir le châtiment dû à
ſon fratricide ; mais s'il fut maudit de Dieu, il devint l'enfant
adoptif de Satan ; & bientôt aſ-
ſervis ſous mes loix, Caïnan & ſes
deſcendans ſe nourrirent de cet
eſprit de perverſion que j'avois
répandu ſur Caïn leur pere ; tandis que *Seth* nouvel enfant d'A-
dam donnoit au Ciel une poſtérité craignant Dieu, & qui commença à invoquer le nom du Seigneur ; ce ne fut pas pour long
tems ; car par mes ſecrettes ſé-
ductions, les fils de Dieu épris
de la beauté des filles des hommes, les prirent pour femmes,
& de cette union monſtrueuſe
naquîrent les géans, peres des

arts & de la rébellion qu'ils entreprirent contre le Ciel. Alors
plus de retenue parmi les hommes : toute chair corrompit fa
voye, & roula de crime en crime [1].
Tel fut fur la terre le premier
triomphe de l'enfer qui força l'E-
ternel à fe repentir [2] d'avoir fait

---

[1] *De crime en crime.* Ita ergo res fe
habebant , jacebat in malis vel etiam
volvebatur , & de malis in malis præci-
pitabatur totius humani generis maffa
damnata , & adjuncta parti eorum , qui
peccaverant Angelorum , luebat impiæ
defertionis digniffimas pœnas. *Ex lib.
Enchirid. S. Aug. cap. 25. 28. 27.
tom. 3.*

[2] *Repentir.* Dieu , dit S. Ambroife ,
ne penfe pas comme les hommes pour
changer de fentiment , il ne fe fâche
pas , comme fi fon efprit étoit variable ;
mais par ce terme de *repentir* , on a
voulu exprimer toute la malice de nos
péchés qui ont mérité la colere divine ,
& l'accumulation des iniquités au point

l'homme, & le mit dans la dure
néceſſité de détruire ſon propre
ouvrage.

Dieu dans ſa colere n'épargna
perſonne ; il ordonna à l'abîme
ſupérieur [1], dont lui-même avoit

---

que Dieu, qui, de ſa nature ne peut
être mû ni par la colere, ni par la haine,
ni par aucune paſſion que ce ſoit, pa-
roiſſe néanmoins provoqué à la colere.
C'eſt pourquoi il a menacé de détruire
l'homme ; j'effacerai tout, dit-il, depuis l'homme juſqu'à la bête, & depuis
le reptile juſqu'au volatile. Qu'avoient
donc fait les créatures irraiſonnables ?
Rien ; mais comme elles avoient été
faites pour l'homme, il étoit d'une conſéquence néceſſaire qu'elles fuſſent dé-
truites, parce que l'homme étant
anéanti, il ne reſtoit perſonne qui eût
pû en avoir l'uſage. *S. Ambr. Hom. de
Noë & Arca.*

    1 *A l'abîme ſupérieur.* Les cauſes em-
ployées pour l'exécution ſont, ſelon
l'expreſſion de Moïſe, la rupture des
digues du grand abîme, & l'ouverture

fufpendu les torrents, & fcellé
les vaftes cataractes au jour de la
création, de brifer fes humides
barrieres, il permit à la mer de
franchir celles qu'il lui avoit pref-
crites, & de dégorger fes flots fur
la terre : l'abîme fondît, la mer
regonfla, tout fut fubmergé, &
le monde entier fit naufrage [1]

---

des cataractes du Ciel. L'épanchement
d'une eau auparavant invifible & fuf-
pendue, ou attenuée dans l'Atmofphere, eft un effet d'expérience dont
la mefure ou la quantité fe regle fur la
furface de la fecouffe ou du vent qui
ébranle l'Atmofphere. D'une autre part
la rupture univerfelle des barrieres qui
regloient le baffin du premier Océan,
eft un effet univerfel dont les veftiges
fubfiftent fous nos yeux. *Spect. de la
Nat. tom. 8. pag. 83.*

1 *Le monde entier fit naufrage.* Quoique la terre fut avant le déluge comme
elle l'eft encore, compofée de couches
de différentes terres appliquées les unes

presqu'en naissant. Noë fut le
seul qui trouva grace devant le
Seigneur, & il fut aussi le seul
avec sa famille qu'il sauva du déluge universel. Les eaux avoient
à peine disparu de la surface de la
terre, que Dieu commanda à ce
Patriarche de la repeupler; alors

---

sur les autres, de montagnes, de vallées, de plaines, de grands amas d'eau,
ou de mers, toutes parties essentielles
à la demeure des hommes, sa forme
différoit cependant en quelque chose
de celle d'à présent. Son Atmosphere,
ou son Ciel, n'étoit pas non plus tout-
à-fait de même qu'aujourd'hui. Dieu
qui a changé la durée de la vie de
l'homme, a pû apporter quelque changement à son habitation. Et S. Pierre
dans la deuxiéme Epître ch. 3. 6. 7.
nous autorise à le penser, lorsqu'il
dit que l'ancien monde a péri par les
eaux, & que les Cieux & la Terre d'à
présent, sont reservés au feu du dernier jour. *Spect. de la Nat. tom. 3. pag.*
510.

reprenant mes anciens projets, je résolus de conquerir ce nouveau monde ; Noë avoit trois fils, Sem, Cham, & Japhet. Un seul me suffisoit pour entraîner les autres ; & je trouvai dans Cham des dispositions à seconder mes desseins ambitieux. Ce fils dénaturé manque de respect à son pere, & son peu de retenue lui attire une malédiction qui s'étend [1]

---

[1] *Une malédiction qui s'étend.* La malédiction que Noë prononça contre *Chanaan*, le dernier des fils de *Cham*, en lui prédisant que sa postérité seroit assujettie aux descendans de *Sem*, fut accomplie par les victoires de Josué, & par l'introduction des Israëlites dans la Palestine ; mais elle ne l'eut pas été, s'il falloit entendre la Prophétie & la malédiction, de *Cham* lui-même & de sa postérité en général, puisque ses deux aînés, *Nemrod*, fils de Chus, & *Menès ou Mesraïm*, furent les Fondateurs, le premier de l'Assyrie, & le second de

fur toute fa profpérité. Chanaan
fon fils, impie & maudit comme
lui, eft condamné à être le fer-
viteur des ferviteurs de fon frere.
Chus autre fils de Cham n'eft
pas plus religieux, & encourt la
même difgrace; il donna le jour
à Nembrod [1], le premier qui s'e-
xerça à la chaffe, & qui fe vêtit
de la dépouille des monftres; ce
farouche & puiffant chaffeur, la

---

l'Egypte, les deux plus grands Empires
du monde, dont les Ifraëlites furent
eux-mêmes les Tributaires, & les Efclaves à diverfes reprifes.

1 *Nemrod* ... Fils de Chus, étoit un
géant qui méprifoit Dieu, & qui tyran-
nifoit les hommes. L'Ecriture l'appelle
un *Chaffeur Puiffant*; il chaffoit en effet
aux bêtes & aux hommes qu'il fubju-
guoit par la violence, & par la force extraordinaire dont il étoit doüé. Il fut le
Fondateur du Royaume des Babylo-
niens.

terreur des forêts, porta fa témérité jufqu'à vouloir élever une
tour contre le Ciel dans les plaines de Sennaar ; mais Babel vit
bientôt fon orgueil confondu
fous les accens de mille idiômes
jufqu'alors ignorés.

Ainfi arrive la confufion des
langues & la difperfion générale
des enfans de Noë par toute la
terre ; je les y fuis de près pour
mettre à profit leur foibleffes ;
mais comme l'idée qu'ils avoient
du Très-Haut ne s'accordoit
point à mes vûes ; comme ils ne
marchoient encore que d'un pas
timide & chancelant dans la voie
de la réprobation, il falloit peu-
à peu affoiblir en eux, & même
leur ôter la connoiffance du vrai
Dieu, en transférant fes atri-
buts à des Dieux imaginaires,
dont le culte ne fe rapportoit
qu'à moi & à mes Démons. Nem-

brod fut le ministre dont je me
servis, & devint le pere des Idoles [1]. Ce fier tyran de la terre, fut
le premier qui força ses sujets à
ployer le genouil devant une divinité muette ; bientôt à son
exemple, les peuples amis de la
nouveauté, jettent l'airain en
fonte, forgent des idoles, &
mettent totalement en oubli le
Dieu de leurs peres ; mais de peur
qu'on ne s'apperçût de l'erreur
grossiere, ou qu'on ne crût que
je ne produisois que des Dieux
de pierre, de bois, ou de métail
à adorer, j'animai moi - même
ces idoles ; je les fis parler, quel-

---

1 *Idoles.* Nemrod fut aussi l'auteur
de l'idolâtrie, en faisant adorer sa
statue dans Babylone sous le nom de
Belus, ou de Bel ; il fut le pere de Ni-
nus, fondateur de Ninive & du Royaume des Assyriens. *Voyez Gérard Vossius
de orig. & prog. Idol.*

quefois mouvoir, & toujours
rendre des oracles en réponfe aux
queftions & aux vœux des peuples profternés ; un génie infernal, & à fon défaut les Prêtres
de mes Temples, en deviennent
les Interprêtes Sacrés. Ce fut alors
qu'infinuant l'irréligion par les
oracles, & authorifant les paffions & les crimes par des aveux
publics, tout l'Univers nous fut
foumis ; l'Enfer régna. Plus de
culte de Dieu fur la terre ; chacun veut être initié à nos[1] mif-

---

1 *Etre initié à nos myfteres* ... *L'initiation* ou *autopfie*, c'eft-à-dire, la vue
de la vérité, étoit chez les Payens une
efpece de Drame dans lequel après que
tous les profanes étoient retirés, on
montroit à ceux qu'on alloit initier, des
campagnes ftériles, des bêtes fauvages,
des tremblemens de terre, une nuit
profonde, des orages, des éclairs, des
tonnerres, & tous les météores les plus

terribles ; après quoi , la sérénité étant
rendue , paroissoient quatre personna-
ges revêtus d'habits brillans. Le premier , & le plus distingué de tous , se
nommoit, le *Demiurgue* , c'est-à-dire,
le Créateur de l'Univers , ou l'*Hiéro-
phante*, c'est-à-dire , celui qui révele le
sens des Mysteres ; il montroit aux initiés un enfant à côté d'un serpent. Selon
l'explication que S. Clément Alexandrin
donne de cette énigme , le serpent étoit
le symbole de la vie ou de la subsistance
de l'homme , parce que le mot d'*Eva*,
qui , chez les Orientaux signifioit la *vie*,
signifioit aussi *le serpent* : après que l'*Hié-
rophante* avoit porté la parole à cet enfant
symbolique , il l'adressoit ensuite à l'in-
telligence humaine en lui annonçant une
autre vie, & des vérités plus importantes.
,, Je m'adresse , s'écrioit-il , à ceux qui
,, ont droit de m'entendre , fermez
,, exactement les portes à tous les pro-
,, fanes. O vous Musée , fils de la bril-
,, lante *Méné* dispensatrice des mois ,
,, écoutez mes paroles ; je vais vous dire
,, la vérité : prenez garde que vos pré-
,, jugés & vos affections précédentes ne
,, vous fassent manquer l'heureuse vie,
,, qui est le digne objet de vos desirs.
,, Tournez vos pensées vers la nature

„ Divine, & ne la perdez point de vue,
„ pour régler votre cœur & le fond de
„ vos sentimens. Si vous voulez pren-
„ dre la route sûre, songez toujours
„ que vous marchez devant l'unique
„ maître de l'Univers, Il est le seul Etre
„ qui soit par lui-même ; tous les autres
„ lui doivent ce qu'ils sont ; il pénétre
„ tout, nul mortel ne le voit, & aucun
„ ne peut échapper à ses regards, &c.
Le serment qu'on exigeoit des initiés
avec les imprécations les plus terribles
contre eux-mêmes, de ne révéler à personne ces mysteres, a fait croire à quelques Peres, qu'il s'y passoit des abominations ; mais ce serment injuste qui re-
tenoit la vérité captive, n'arrêtoit pas
les Payens convertis au Christianisme,
& c'est par eux qu'on a appris le secret de
cette initiation. *Voy. le Spect. de la Nat.
T. 8. p.281.* où l'Auteur développe ad-
mirablement cette matiere, en prouvant
que le paganisme, au milieu de ses ex-
travagances & de ses infamies, n'a pas
laissé de conserver le fond de la Religion
primitive. On y rappelle l'origine de
tout, & tous les sentimens du cœur à un
seul Dieu qui est par lui-même, & de
qui tout le monde reçoit l'être ; on y
ramene tous les devoirs de l'homme

à la maxime des Patriarches, qui étoit de marcher devant le Seigneur, & d'attendre la véritable vie, en ſe ſouvenant perpétuellement qu'on eſt ſous les yeux de celui à qui rien n'echappe, & qui nous jugera tous. *Spect. de la Nat. Démonſtr. Evangel. tom. 8. p. 281. 286.*

1 *Chacun ſe régénere.* La régénération chez les Payens ſe faiſoit par les ſacrifices nommés *Taurobolia* & *Ariobolia*, c'eſt-à-dire, aſperſion du ſang du Taureau, ou du ſang du Belier. Cette cérémonie étoit une des plus biſarres, & des plus ſingulieres du paganiſme. On creuſoit une foſſe aſſez profonde, où celui pour qui devoit ſe faire la cérémonie, deſcendoit avec des bandellettes ſacrées à la tête, avec une couronne, enfin avec tout l'équipage myſtérieux; on mettoit ſur la foſſe un couvercle de bois percé de quantité de trous, on amenoit ſur ce couvercle un Taureau couronné de fleurs, & ayant les cornes & le front orné de petites lames d'or, on l'égorgeoit avec un couteau ſacré, ſon ſang couloit par ces trous dans la foſſe, &

Autels, par tout on méconnoît

---

celui qui y étoit le recevoit avec beaucoup de respect, il y présentoit son
front, ses joues, ses bras, ses épaules, enfin toutes les parties de son corps, & tâ-
choit à n'en pas laisser tomber une goutte
ailleurs que sur lui. Ensuite il sortoit de
là, hideux à voir, tout souillé de ce sang,
ses cheveux, sa barbe, ses habits tout dé-
goutans, mais aussi il étoit purgé de tous
ses crimes, & regénéré pour l'éternité;
car il paroît positivement par les inscriptions, que ce sacrifice étoit pour
ceux qui le recevoient, une *regénération
mystique & éternelle*. Il falloit le renou-
veller tous les vingt ans, autrement il
perdoit cette force, qui s'étendoit dans
tous les siécles à venir. Les femmes recevoient cette *regénération* aussi bien
que les hommes. On y associoit qui on
vouloit, & ce qui est encore plus remar-
quables, des villes entieres la recevoient
par députés, quelquefois on faisoit ce
sacrifice pour le salut des Empereurs.
Des Provinces faisoient leur cour d'envoyer un homme se barbouiller en leur
nom de sang de Taureau, pour obtenir à l'Empereur une longue & heu-

le Créateur [1], par tout on aſſocie les mortels à la divinité, déja le ſeul caprice fait les Dieux [2] & les

---

reuſe vie. Tout cela conſte par les Inſcriptions. *Fontenelle. Hiſtoire des Oracl.*

1 *On méconnoît le Créateur.* Tout étoit Dieu, excepté Dieu même, & le monde que Dieu avoit fait pour manifeſter ſa puiſſance, ſembloit être devenu un Temple d'Idoles. *Boſſ. Hiſt. Univ.*

2 *Fait les Dieux.* L'Homme vint à adorer juſqu'à l'œuvre de ſes mains; il crut pouvoir renfermer l'eſprit divin dans des Statues, & il oublia ſi profondément que Dieu l'avoit fait, qu'il crut à ſon tour pouvoir faire un Dieu. Qui pourroit le croire? ſi l'expérience ne nous faiſoit voir qu'une erreur ſi ſtupide & ſi brutale, n'étoit pas ſeulement la plus univerſelle, mais encore la plus enracinée & la plus incorrigible parmi les hommes. Athènes la plus polie & la plus ſçavante de toutes les Villes Greques, prenoit pour Athées ceux qui parloient des choſes intellectuelles, & c'eſt une raiſon qui avoit fait condamner Socrate. Si quelques Philoſophes

ſoudiviſe

multiplie ; la flatterie introduit
les apotheofes ; déja les Poëtes
enfans de l'oifiveté, les préconi-
fent avec emphafe, & la mythologie femblable au vafte Océan,
devient une mer de fables & de
fictions.

Les chofes en étoient-là,
quand du centre de l'idolâtrie,
fort un Chaldéen nommé [1] *Abraham*, à qui Dieu promet les ferti-
les Royaumes de Chanaam, &
une poftérité auffi nombreufe
que le fable de la mer, pour les
habiter & y régner ; poftérité

---

ofoient enfeigner que les Statues n'é-
toient pas des Dieux, comme l'entendoit le vulgaire, ils fe voyoient con-
traints de s'en dédire ; encore après cela
étoient-ils bannis comme des impies
par Sentence de l'Aréopage. *Boff. Difc.
fur l'Hift. Univ. tom. 1. pag. 1.*

[1] *Abraham.* C'eft-à-dire, Pere de la
multitude.

Tome II.   D

d'autant plus chere à son auteur, & recommandable par ses suites, que selon les termes de la prophétie, elle devoit un jour donner au monde son libérateur, & briser ce sceptre que je tiens, & sous lequel nous régissons encore toutes les nations. Telle fut l'importance, & la magnificence des promesses que Dieu fit à Abraham ; promesses qui exciterent toute ma vigilance. Et telle fut l'origine du peuple Hébreu 1 qui

---

1 *Peuple Hébreu.* Nom qui, selon quelques Auteurs, vient d'*Heber*, Patriarche, fils de *Saala*, un des descendans de *Sem*. Ils soutiennent que c'est de lui que le peuple Hébreu tire son origine & son nom, ainsi que la Langue Hébraïque. Ce Patriarche ne voulut point se joindre à ceux qui bâtirent la Tour de Babel, c'est pour cela qu'il mérita de conserver dans sa pureté la Langue des premiers hommes, c'est-à-dire, la même qu'Adam avoit parlé

par une orgueilleuse diftinction fur tout autre peuple, prit le nom de *Peuple de Dieu*. Déja Abraham engendre *Ifaac*, à qui Dieu ratifie les mêmes promefles ; Ifaac de Rebecca fa femme, a deux fils, *Efaü & Jacob*. La prédilection, germe de difcorde dans toute famille, devient funefte à celle-ci ; je cherchois en moi-même les occafions de la faire éclore, & de troubler la paix de cette famille favorite du Tout-Puiffant, lorfque par je ne fçais quelle infpiration d'en haut, & par une fupercherie jufqu'alors fans exemple, *Jacob* de concert avec *Rebecca* fa mere, abufant

---

D'autres difent que ce mot vient du furnom d'*Hébreu*, qu'on donna à Abraham, c'eft-à-dire, de *paffager*, d'*étranger*, parce qu'il étoit venu en Syrie de de-là l'Euphrate.

de l'état de foibleſſe où étoit ſon
pere Iſaac, ravit le droit d'aîneſſe
à ſon frere *Eſaü*. A cette époque
la haine cachée, telle qu'un feu
qui couvoit ſous la cendre, écla-
te au-dehors; la diſcorde s'allume entre ces petits-fils d'Abraham; le Ciel ſe déclare pour Jacob; je me décide pour Eſaü: je
prens part à la querelle, je la
rends implacable, j'ai ſoin de la
perpétuer, & d'éloigner tout
moyen de réunion. Les deux ju-
meaux, rivaux acharnés à ſe nui-
re & à ſe venger, deviennent ir-
réconciliables; ils étoient ennemis dès le ventre de leur mère [1],
qu'ils déchiroient par des combats inteſtins; ils le feront éter-

---

1 *Mere.* Collidebantur in utero ejus
parvuli. *Geneſ.* 25. 28.
In utero ſuplantavit fratrem ſuum,
Oſée. 12. 3.

nellement, la chofe eft décidée ;
il faut les féparer : l'infortuné
Efaü profcrit de Dieu, & dès-lors
enfant adoptif de Satan, eft obligé d'abandonner la maifon pa-
ternelle, & fon riche héritage,
& de fuir dans les montagnes de
Seïr, païs des monftres, où il
devient le pere des Iduméens.
Jacob glorieux du droit d'aîneffe
ufurpé, prend le nom d'*Ifraël* [1],
nom qui marquoit la préférence
que Dieu lui avoit donnée fur fon
frere. Il habita la Méfopotamie,
& fut le pere du peuple choifi ;
il donna la naiffance à Judas &
à fes freres, auteur des douze

---

1 *Ifrael.* C'eft-à-dire, *choifi de Dieu,
protégé de Dieu.* Un Ange contre lequel il eut un combat plein de myfteres, lui donne le nom d'*Ifraël*, d'où
fes enfans font appellés Ifraëïites. *Bof-
fuet. Difc. fur l'Hift. Univ.*

Tribus d'Iſraël. Parmi ces Tribus, (obſervez bien cette circonſtance) il en étoit une privi-
légiée , celle de *Juda* , & c'étoit
de cette même Tribu que devoit ſortir un jour la Race Royale
de David , de laquelle on attendoit le libérateur d'Iſrael , ſous
le titre de *Meſſie*. Voilà l'objet
déterminé de mes perſécutions [1].

Une famine preſſante dont on
commençoit à ſentir les atteintes
dans la Méſopotamie , contraint
Jacob & ſes enfans à ſe retirer
dans le territoire de Chus , où
régnoit l'abondance. Les gras
pâturages qu'ils trouvent dans ce
beau païs , les convient à y fixer
leur demeure ; je les ſuis , & ne
les perds point de vûe. Tant que

---

1 *L'objet de mes perſécutions.* Con-
ſurrexit autem Satan contra Iſrael. *1 Pa-*
raph. 21. 1. *& lib.* 2. *reg. c.* 24.

ce peuple eſt errant dans l'Egypte, & peu conſidérable par ſon
nombre, je le mépriſe ; commen-
ce-t'il à ſe trop multiplier, je le
perſécute ; j'inſpire des craintes
politiques à Pharaon ; & bientôt
réduit à un dur eſclavage, je l'expoſe à toute la férocité de l'Egyptien, peuple barbare & jaloux
des bienfaits, dont le Ciel com-
bloit chaque jour ces enfans de
Jacob. L'Edit cruel qui ordonna
d'exterminer les enfans mâles des
Hébreux dans les eaux du Nil,
fut mon ouvrage. Moïſe ſeul
m'échappa par un miracle, & il
fut depuis le ſeul qui oſa entreprendre de délivrer ſes freres de
la captivité ; il réuſſit à notre
honte, & à celle de Pharaon ;
car malgré l'endurciſſement de
ce Roi des Egyptiens, & tous les
efforts de l'Enfer, il faut l'avouer,
la ſortie de l'Egypte fut moins

une fuite précipitée, qu'un nouveau sujet de gloire pour ce chef audacieux, qui, conduit par l'Ange tutelaire d'Israël, triompha de Pharaon par les eaux de la mer Rouge, après avoir triomphé lui-même des flots de cette mer orageuse. Content de cet exploit, Moïse se retire dans le désert, & moi je ne perds point de tems à lui susciter de nouveaux ennemis.

Entre le Mont Cassius dans l'Arabie Pétrée, & le riche païs de Chanaan, terre promise aux enfans d'Israël, est une vaste région que l'on nomme Idumée[1],

---

1 *Idumée.* Ou terre d'*Edom*, parce que Esaü surnommé *Edom*, qui veut dire *Roux* ou *Rouge*, frere de Jacob, s'y établit avec toute sa postérité. L'Idumée comprenoit presque toute l'Arabie qu'on nommoit *Pétrée* à cause de la ville de *Petra*, qui paroît en avoir été

Amalec[1] Prince de la race d'Efaü,
y régnoit paifiblement. Ce fut à
fa Cour, à celle de tous les Rois,
& chez tous les peuples voifins
que je portai l'allarme, en annonçant l'arrivée, ou plûtôt l'in-
vafion du Peuple Hébreu fur les
frontieres de l'Idumée. Au premier bruit qui s'en répand, tous
les Rois, tant ceux qui poffédent
le Liban[2], depuis les fources juf-

---

la Capitale. Les Amalécites defcendus
d'Efaü, en poffédoient une partie du
côté d'Occident. Cette ancienne Idumée eft aujourd'hui le pays des Arabes,
qu'on nomme *Beduins*.

1 *Amalec*. Fils d'Eliphas & petit-fils
d'Efaü.

2 *Liban*. Montagne d'Afie en la
Terre-Sainte, aux confins de la Paleftine & de la Phénicie; c'eft la plus haute
montagne de toute cette contrée; quelques-uns difent que fon circuit eft de
cent lieues. On peut dire en général
que ce qu'on appelle le Liban, eft un
affemblage de quantité de monts, com-

D v

qu'à l'embouchure du Jourdain, ſe liguent, & députent à Ama-lec, pour l'engager à entrer dans la confédération générale, & à s'en déclarer le chef. Balac Roi de Moab[1], habile à manier la parole, à s'inſinuer dans les eſ-prits, à perſuader, Balac eſt chargé de la négociation ; ce Prin-ce dont j'accrûs encore l'éloquen-ce, par le feu que je gliſſai dans

---

me les Alpes ou les Pirennées. Le Li-ban de tout tems fameux par ſes Cé-dres, dont on en voit encore vingt-trois d'une groſſeur extraordinaire, qui font l'admiration de tous les Voyageurs, eſt encore célebre par les Chrétiens Maro-nites, & les Religieux de ce nom qui y ont un grand nombre de Monaſteres, avec un Patriarche & des Évêques, tous Catholiques, ſont ſoumis au S. Siége pour le Spirituel, & pour le Temporel, aux Turcs, auxquels ils payent tribut.

[1] *Moab*. Royaume ſitué dans l'A-rabie.

fon fein, vient trouver Amalec,
qui le reçoit fur fon trône, avec
pompe & dignité. Grand Roi,
lui dit Balac ; tu vois dans ta
Cour, un Roi député de tous les
Rois de l'Afie, qui te parlent
par ma bouche. Un peuple nom-
breux, efclave fugitif d'Egypte,
fe prépare à inonder nos Provinces. Six cens mille combattans,
& plus le compofent. Leur premiere colonne eft déja fur les
confins de l'Idumée. Déja les
Rois du Liban ont pris les armes pour l'exterminer, feras-tu
le feul qui ne t'oppoferas point à
l'ennemi commun ? En vain te
regardes-tu comme le plus puif-
fant Prince du monde, fi tu
fouffres qu'une troupe de vils
efclaves, tous enfans de Jacob, viennent du fond de l'E-
gypte t'apporter dans tes propres Etats, ces mêmes fers fi

long-tems instruments de leur
misere & de leur douleur. Sou-
viens-toi de la supercherie de ce
même Jacob, envers Esaü son
frere aîné, & tu te souviendras
qu'il ne doit jamais y avoir de
réconciliation entre l'Amalécite
& l'Israëlite ; trop d'antipathie
régne entre *Esaü* & *Jacob*......A
ce nom de Jacob, Amalec entre
en fureur. Ce Prince accéde à la
confédération, toute l'Idumée
court aux armes. Déja ses troupes en ordre de bataille, marchent aux alliés ; les Rois du Liban y aménent l'élite de leurs
forces ; la jonction se fait sans
trouble, & sans désordre ; tous
déférent l'honneur du commandement au Roi des Amalécites ;
tous se promettent la victoire en
combattant sous les ordres de ce
vaillant monarque ; & moi le
plus puissant mobile, & le ressort

secret de cette fameuse ligue , je me mets à la tête de tant de Rois , pour aller à la rencontre de l'ennemi commun , & le surprendre dans son camp.

Cependant le présomptueux Moïse s'engageoit de plus en plus dans le désert de *Sin* [1]. Six cens mille enfans d'Israel le suivoient avec une aveugle confiance , & s'avançoient à grandes journées sous ses ordres , lorsque

---

2 *Sin.* Nom qui fut donné autrefois à deux Déserts de l'Arabie Pétrée ; l'un étoit vers la mer Rouge , & les Israëlites y firent leur huitième campement. Les provisions leur manquant en ce lieu-là ; Dieu leur envoya des Cailles ; & le jour suivant de la Manne. L'autre Désert étoit auprès d'Edom , & on l'appelloit aussi le Désert de Cadés. Les Israëlites y firent leur trente-troisième campement ; & ce fut en ce même lieu, que pour la deuxième fois , Moïse tira miraculeusement de l'eau d'un rocher.

tout à coup les vivres lui man-
quent. Que deviendra une telle
armée? Déja la faim ſourde à la
remontrance, ſéduit les plus in-
dociles, & excite un murmure
général dans le camp. Hélas, ſe
diſoient mutuellement les Hébreux pâles & conſternés, falloit-
il ſe laiſſer ſéduire aux appas
trompeurs d'une conquête ima-
ginaire, & ſur la foi de quelque
oracle menteur, abandonner ſi
légerement les rives fleuries du
Nil, pour courir comme des in-
ſenſés après une terre inconnue,
qui ſemble s'éloigner de nous?
Falloit - il quitter ſi indiſcrette-
ment notre chere patrie, la fertile Egypte [1], pour ſuivre un chef

---

1 *Egypte.* Utinam mortui eſſemus
per manum Domini in terrâ Egypti,
quando ſedebamus ſuper ollas carnium
& comedebamus panem in ſaturitate.

malheureux, à travers tant de
montagnes & de mers, & venir
périr misérablement par la faim
dans cet affreux désert? A ces
plaintes qu'arrache la faim, succede bientôt le désespoir. La fureur s'empare des moins séditieux. Déja les plus considéra-
bles d'entre les Hébreux déliberent s'ils feront mourir leur con-
ducteur, & s'ils retourneront se
remettre à la merci des Egyptiens. Déja par mes suggestions,
le premier avis l'emportoit, &
Moïse touchoit au terme fatal qui
alloit trancher ses jours, quand
le Ciel, pour dissiper le murmure,
& sauver la vie au gendre de Jethro [1], fait pleuvoir dans son

---

cur eduxisti nos in Desertum istud, ut
occideretis omnem multitudinem fame.
Exod. 16. 3.

2 *Jethro.* Autrement dit *Raguel*,

camp une rofée miraculeufe dont
Ifraël a fait fa nourriture, tant
qu'il a été dans le défert. Encou-
ragé par un événement qui fur-
paffoit fon attente, Moïfe pénétre plus avant dans ce païs ari-
de, & après divers campemens,
il vient affeoir fon camp à *Raphidim* [1], terroir fec & pierreux.
Nouvel inconvénient ; l'eau lui
manque totalement. La foif commence à brûler ceux que la faim
avoit dévoré ; nouveaux murmu-
res, nouvelle fédition ; Moïfe fur
le point d'être lapidé alloit fubir

Prêtre de Madian, & beau-pere de
Moïfe.

2 *Raphidim.* Lieu ancien de l'Arabie
Pétrée, fur le chemin de la montagne
d'Oreb ; ce fut-là que les Ifraëlites, fortis d'Égypte, furent campés quelque
tems, & où Moïfe fit fortir de l'eau
d'un rocher. Jofué y défit les Amalécites.

cette fois la mort dont il étoit
échappé par miracle, lorfqu'un
nouveau prodige du tout-Puiffant
le fauve. Dieu lui ordonne de
frapper le rocher d'Horeb [1]; Moïfe leve le bras, & frappe de fa
verge, la même dont il avoit di-
vifé les flots de la mer Rouge. A
l'inftant l'eau ruiffelle de toutes
parts, & ferpente dans la plaine;
chacun accourt pour éteindre le
feu qui brûle fes entrailles; chacun fe précipite au-devant du ruif-
feau qui court rapidement dans
le camp; les vieillards y viennent
d'un pas lent & pénible; les femmes y portent leurs enfans; les
chevaux & les chameaux viennent s'y défaltérer. Ce peuple
étoit tout occupé à goûter les

---

2 *D'Horeb*. Montagne d'Afie dans l'A-
rabie Pétrée, voifine du mont Sinaï, &
beaucoup plus baffe.

bienfaits de son Dieu, lorsque l'armée des Confédérés parut marchant en bel ordre au milieu du désert.

Au bruit confus des armes & des chariots de l'armée d'Amalec, l'allarme devient générale au camp des Hébreux; les trompettes font retentir les airs, & annoncent la guerre & les combats aux timides Hébreux, qui à peine désaltérés, courent aux armes. Les cris des hommes se confondent avec les hennissemens des chevaux; le son enroué des clairons, les rend plus farouches. L'effroi se répand par tout, tout menace Israël d'une mort prochaine; chacun veut la füir, & la trouve peinte sur le front de son compagnon. Moïse seul au fort de tant d'allarmes, affectoit un air de tranquillité qu'il n'avoit pas, pour rassurer les siens;

il assemble à la hâte tout le peuple, il tire mille hommes de chacune des douze tribus dont Israël étoit composé; il leur fait prendre les armes, & il charge Josué du commandement général. De l'autre côté l'armée des Rois confédérés avançoit toujours. Déja on remarquoit les chariots armés de faux tranchantes, répandus dans les plaines sabloneuses de ces déserts inhabitables. Déja on distinguoit aisément les différentes Nations dont l'armée des Princes étoit composée.

A l'aîle droite, on voyoit les Amorrhéens, nation farouche, tirant leur origine d'*Amorrheus*, fils de *Chanaam* : ils étoient armés à la légere, & portoient de courtes javelines, qu'ils lançoient avec une vîtesse sans égale; à leur tête marchoit fiérement leur

Roi, le brave *Sehon*, célebre par
ſa valeur & ſon adreſſe à combattre également du poignard,
& de l'épée : il étoit précédé des
étendarts ſur leſquels il avoit élevé les idoles d'*Aſtarté* [1] & de *Bel* [2].
Enſuite paroiſſoient les Madia-
nites, iſſus d'un certain *Madian*,
fils d'Abraham & de Cethura.
Ces peuples féroces étoient armés
d'épées, & de boucliers en forme
de croiſſant ; *Zébée* & *Salmana* [3],
leurs Rois, les conduiſoient à
cette guerre, & l'idole de *Béelphegor* [4] brilloit dans leurs étendarts.

---

1 *Aſtarté*. Grande Déeſſe des Sydoniens.

2 *Bel*. Idole forgée par Nemrod
Fondateur du Royaume des Babiloniens.

3 *Zébée & Salmana*. Rois des Madianites.

4 *Béelphegor*. Origene Hom. 20. ſur
le livre des Nombres, dit que *Béelphe-*

Les Ammonites cruels suivoient

***

gor est le nom d'une Idole qui est ado-
rée dans le pays de Madian, principa-
lement par les femmes ; & là-dessus il
ajoûte que *Béelphegor* marque une espece de turpitude & d'infamie. S. Jerôme sur le chap. 4. d'Osée, & au liv.
1. contre Jovinien, chap. 12. croit que
le *Béelphegor* des Moabites & des Madianites, est le même que le *Pryape*
des Grecs & des Latins. Isidore est de
cet avis au liv. 8. *des Origines* ; de même que Ruffin au troisième livre sur
Osée. Ces Auteurs prouvent par les
endroits de l'Écriture-Sainte, où il est
parlé de la fornication des Hébreux avec
les Moabites, que ces Idoles *Béelphegor*, & *Pryape* étoient honorées par
d'infâmes cérémonies. Ils alleguent
aussi le chap. 9. d'Osée, où ceux qui
servoient Béelphegor, sont accusés de
commettre des impudicités, & de faire
des choses abominables. Solden prétend
que Béelphegor est le Dieu des Morts,
& le *Pluton* des Grecs ; & que les offrandes que l'on faisoit aux Manes pour
les appaiser, sont ces sacrifices dont il

courageusement Agag leur Roi
sous le fameux étendart de *Molock* [1]. Les Moabites, qui avec

---

est parlé au livre des Nombres chap. 25.
Les Filles de Moab inviterent les Israëlites à leurs sacrifices, ils y mangerent, &
adorerent leurs Dieux, & Israël fut initié
aux Mysteres de Béelphegor. *Nomb. c. 25.
8. 2.* Ils furent initiés à Béelphegor, & ils
mangerent les sacrifices des morts. *Ini-
tiati sunt Beelphegor, & comederunt sacrificia mortuorum.* Psal. 105. La-dessus D.
Calmet conjecture que *Phegor* est peut-
être le même, qu'*Adonis*, ou *Osiris*,
dont on célébroit les fêtes comme les
funérailles des morts, avec des lamen-
rations, des pleurs, & autres cérémonies lugubres; & il prétend que la défense que Moïse fit aux Hébreux, *Levit. 19.* de se razer, & de se faire des
incisions dans la chair pour les morts,
a rapport au culte de Béelphegor. *Calmet, Dissert. sur les Nombres.*

1 *Molock.* Idole à laquelle les Ammonites sacrifioient leurs enfans, de
même que les Phéniciens immoloient
les leurs à Saturne.

les Ammonites, tirent leur origine commune des inceſtueuſes filles de *Loth*, ſe faiſoient voir à côté des Ammonites leurs freres ; l'intrépide *Balac* leur Roi, accompagné d'*Eglon* ſon fils, le plus cruel ennemi du nom Hébreu, marchoit avec confiance à leur tête, & montroit dans ſes yeux une impatience extrême d'entamer le combat. Ce Prince à la fleur de ſon âge, étoit le plus adroit de ſon tems à tirer de l'arc, & à lancer le javelot. Roi auſſi politique qu'éloquent & brave, mais ſuperſtitieux, il faiſoit porter devant lui l'étendart de *Baal*, & avoit à ſes côtés le fils de Beor, Balaam Prophète du Seigneur, qu'il obligeoit de le ſuivre pour maudire le peuple de Dieu.

Au premier rang de l'aîle gauche, marchoient ſur une même

ligne, les Chananéens, dont les
ſabres recourbés reſſembloient à
des faulx. Leurs boucliers étoient
d'un airain plus luiſant que l'a-
cier. Le fier *Arad* Roi de cette
nation belliqueuſe, ſe faiſoit aiſément remarquer par ſon air
guerrier, & par le brillant de ſes
armes, dont l'éclat étoit ſemblable aux rayons du Soleil. Cet
aſtre étoit brodé ſur ſes Enſeignes, & il étoit le ſymbole de
ſon Empire. Les habitans de
Bazan, formoient la ſeconde ligne de l'aîle gauche : ces peuples géans deſcendus d'*Enac* [1],
portoient de peſantes maſſues
armées de pointes de fer. Og [2]

_____

1 *Enac.* Fils de Cariatharbé géant, &
Pere d'un peuple de Géans.

2 *Og.* Roi de Bazan, il en eſt fait
mention au troiſiéme chap. du Déuteronome. Il étoit le plus grand des Géans
qui reſtoient. Son lit, qu'on recouvra
vraiment

vraiment digne d'être le Roi de
cette Nation par ſa force in-
croyable , & par ſa ſtature gi-
ganteſque qui ſurpaſſoit celle de
tous ſes ſujets , étoit à leur tête.
Ce redoutable Roi *Geant* , va-
loit lui ſeul une grande armée.
L'Arabe vagabond tirant ſon origine d'Abraham par *Iſmaël* , fils
de ce Patriarche , & de l'Egyptienne *Agar* ſon eſclave , volti-
geoit ſur les aîles armé d'arcs
& de flêches , & monté ſur des
chevaux dont la vîteſſe égaloit

---

long-tems après ſa défaite dans la ville
de *Rabbath* , Capitale des Ammonites ,
étoit de fer , & il avoit neuf coudées
de long ſur quatre de large. *Solus quip-*
pe Og Rex Bazan reſtiterat de ſtirpe gi-
gantum. Monſtratur lectus ejus ferreus
qui eſt in Rabbath filiorum Ammon, no-
vem cubitos habens longitudinis & qua-
tuor latitudinis ad menſuram cubiti virilis
manus. Deuter. 3. c. 2.

celle des vents. Ce peuple de
brigands, plus propre à piller &
à harceller une armée, qu'à combattre de pied ferme en un jour
de bataille, portoit des bonnets
furmontés du *croiffant*; au centre
étoit l'indomptable Amalec,
conduifant le corps de bataille,
compofé d'Amalécites, Iduméens, Jébuféens, Héthéens,
Philiftins, des hommes robuftes
de Moab, & autres peuples ve-
nus à cette guerre. Les Princes
d'Edom [1], defcendans de la
branche aînée d'Efaü, diftin-
gués par leur poil roux, tirant

---

1 *Princes d'Edom.* Pour dire de la
race d'Efaü; car *Edom* fignifie *Roux*,
& ce nom fut donné à Efaü, parce qu'il
avoit le corps velu, d'un poil tirant
fur le rouge de couleur de fang, ce qui
paffa à fes enfans, & les faifoit reconnoître au feul afpeſt pour defcendans
d'Efaü.

fur le rouge , y fuivoient Amalec en qualité de volontaires.
La terre paroiffoit couverte de
piques hériffées , dont cette innombrable Milice étoit armée.
Telle qu'on voit au tems de la
moiffon , les épics preffés dans
les vaftes campagnes qu'arrofe
le Nil ; telle étoit la difpofition
de l'armée des Rois confédérés.
Moïfe monta fur une éminence
pour la reconnoître ; il apperçût avec étonnement les plaines
du Défert couvertes de tentes ,
d'armes, de chariots, & de fol-
dats, il vit briller les Idoles de
Chamos , de *Baal* , de *Moloch* ,
de *Dagon* , de *Béelphegor* qui fer-
voient d'étendarts & de guides
aux Nations ennemies.

A cette vue toute fa fermeté
l'abandonna ; néanmoins malgré
fon accablement , Moïfe donna
fes derniers ordres à Jofué , &

après lui avoir remis le grand
Etendart ſacré [1] où étoit gravé

---

2 *Etendart ſacré.* Indépendamment
de l'étendart principal des Hébreux qui
étoit comme le *Labarum* des premiers
Empereurs Chrétiens, ou comme l'*O-
riflâme* que les Rois de France alloient
prendre à S. Denys ; chaque Tribu
avoit une marque diſtinctive , & ſa
couleur particuliere dont elle faiſoit
le fond de ſes enſeignes ; ce qui , joint
à la figure hiérogliphique repréſentée
deſſus , ſervoit doublement à la diſtinc-
tion ; comme la Tribu de Juda qui
avoit *ſon Lion* déſignatif ſur un fond
verd ; & la Tribu de Ruben qui mettoit ſon *Serpent* ſur un fond rouge ; &
ainſi des autres ; & cet uſage fut ſi bien
ſuivi chez le peuple Hébreu , que pour
empêcher que le tems n'y apportât du
changement , le Rational du grand Prêtre , compoſé de douze piéces précieuſes de différentes couleurs , & fait pour
déſigner le rang que tenoient entr'elles
les Tribus d'Iſraël , n'étoit encore fait
ce ſemble que pour conſerver l'échan-
tillon matrice de la couleur affectée à

le nom du Seigneur, il fe retira avec Aaron fon frere fur une haute montagne, pour implorer le fecours du Ciel, tandis que de fon côté, fur une colline op-pofée le fuperftitieux Balac, au-tour de fept Autels [1], par des évocations magiques & des fa-crifices profanes, forçoit Balaam à maudire au nom de Dieu, le camp d'Ifraël qu'il protégeoit.

A peine les deux armées fu-rent en préfence, que le combat commença. Une nuée de traits qui s'éleva des deux armées, obfcurcit l'air, & fit mordre la pouffiere à plus d'un combattant.

---

chacune de fes Tribus. *Traité des mar-ques nationales par M. de Morange de Peyrins.*

1 *Sept. Autels.* Dixitque Balaam ad Balac, ædifica mihi hic feptem Aras, & para totidem vitulos, ejuf-demque numeri arietes. *Num.* 23. 6.

E iij

Déja les ſoldats animés par l'exemple de leurs Chefs, ſe mêlent avec une merveilleuſe intrépidité. Les chariots armés de faulx tranchantes s'ébranlent, & partent avec impétuoſité ; ils portent le ravage, la deſtruction, & la mort dans les rangs qu'ils rompent. On voit voler ſur leurs traces les membres ſanglans des guerriers, dont les corps mutilés, ſont écraſés ſous les roues. Les ruiſſeaux de ſang coulent, & dans cet amas confus d'hommes acharnés à ſe détruire les uns les autres, triomphent également l'horreur, la vengeance, & le déſeſpoir. Si d'un côté les Alliés animés par l'eſpérance d'un riche butin, font des prodiges de valeur ; de l'autre les Hébreux encouragés par l'Ange d'Iſraël, & par les belles actions de Joſué leur Général, combattent en

lions pour la vie & la liberté.
Moi-même, je volois dans tous
les rangs de l'armée des Confédérés, pour les exciter au meurtre, & pour relever le courage
des Amorrhéens abbattus par la
perte du brave Sehon leur Roi,
tombé de lassitude, & percé de
coups, sur un monceau de morts,
que ce Prince venoit d'immoler
aux manes de ses fidéles sujets.
Une fureur égale transportoit les
deux armées ; la victoire étoit
encore chancelante, malgré les
généreux efforts de l'indomptable Amalec qui n'épargnoit rien,
& ne se ménageoit point lui-même pour la fixer dans son parti.
Déja même il la faisoit pancher
de son côté, lorsque l'infortuné
Roi des Chananéens, le fier
Arad, éprouva le même sort que
le vaillant Sehon ; ce foudre de
guerre avoit renversé plus d'un

brave d'entre les Hebreux : déja
le courageux Eliad, Prince de la
Tribu de Zabulon, qui ne le cé-
doit en force & en bravoure qu'au
ſeul Joſué, venoit de ſuccomber
ſous les coups du Roi des Chananéens. Déja le fils de Gedeon,
Abinan Chef de la Tribu de Benjamin, étoit tombé dans la mêlée ſous les pieds des combattans.
Déja Phegiel, Prince de la Tribu d'Aſer, malgré ſa vîteſſe qui
ſurpaſſoit celle des Faons, n'a-
voit pû éviter le trait mortel,
dont Arad venoit de le percer,
aux yeux d'Ockran ſon pere ;
quand ce Roi juſqu'alors invincible, chercha la mort en cher-
chant Joſué, qui malgré l'excellence de ſes armes, le perça d'un
coup de glaive, & le mit au nombre des morts. Ce fut alors que
le déſordre ſe mit parmi les Chananéens, qui ſe replierent ſur la

seconde ligne, où étoit en personne le redoutable Roi de Bazan; dont la seule présence rétablit les affaires desespérées des Alliés. En effet à l'approche de ce Roi géant, vomissant le feu par les yeux, l'Hebreu victorieux recule, malgré les puissans efforts de Josué, le seul de son parti qui attendoit de pied ferme ce Monarque idolâtre, & le seul qui osa le défier au combat.

A l'aspect d'un si foible adversaire, Og, le formidable Og, porte ses pas d'un autre côté; misérable esclave, dit ce Roi de Bazan au Général Hébreu, es-tu las de vivre? Quelle est ta témérité? Crois-moi, retourne en Egypte chez ton premier maître, va reprendre la houlette & tes fers, un vil roseau conviendra mieux dans tes mains, que ces

E v

armes que tu deshonores. Josué
ne répond à ce sanglant reproche, qu'en lui lançant son javelot, qui n'éfleura que légérement
le corps endurci du Roi de Bazan,
le colere Og ne lui donne pas le
tems d'en lancer un second, il
devient furieux, & leve sa pe-
sante massue pour écraser son
ennemi. A la vûe du danger que
court le Général Hebreu, tout
Israël frissonne; l'attente du coup
qui alloit décider son sort, rend
les combattans immobiles. On
eût dit qu'ils avoient perdu l'usage de la voix & de la respiration [1]. L'un & l'autre parti fuf-

---

1 *De la voix & de la respiration.*
Tite-Live décrit ainsi le combat des
Horaces & des Curiaces. *Ut primo
statim concursu increpuere arma, micant-
esque fulsere gladii horror ingens spec-
tantes perstringit, & neutro inclinata
spe, torpebat vox, spiritusque.*

pend le combat, & tient ſes armes dans l'inaction, pour être
ſpectateur du duel d'où dépendoit la deſtinée de cette guerre.
Déja l'air gémiſſoit ſous le poids
de cette lourde maſſe d'armes ;
la crainte & l'eſpérance parta-
geoient également les eſprits ,
quand contre toute apparence ,
Joſué évitant le coup funeſte
qui menaçoit ſa tête & tout
Iſraël , le Roi Géant entraîné
par le poids de ſon corps & de
ſa maſſue , tombe par terre.
Joſué profitant de cet inſtant ,
ſe jette ſur lui , & lui plonge
dans la gorge ſon épée étince-
lante , d'où elle ne ſort qu'avec
ſon ame cruelle , & des torrens
de ſang. Tel un rocher que la
tempête a détaché d'une haute
montage voiſine de l'Océan , ſe
précipite au fond de l'onde amere , avec un fracas qui la fait

bouillonner, & couvre d'écume,
le rivage qu'il ébranle par sa chute, dont le bruit est répété par
les échos des autres montagnes;
tel en tombant le malheureux
Roi de Bazan, fait gémir la terre
fous la pesanteur de son corps
monstrueux. Alors mille cris confus de joie & d'horreur s'élevant
des deux armées, frappent les
airs, & annoncent la défaite de
l'une, & l'avantage de l'autre.

Après une perte si irréparable,
pour les Confédérés, la victoire
alloit se déclarer pour Josué, si
je n'eus promptement embouché
la trompette infernale, dont les
fons belliqueux ranimerent le
courage des Nations liguées, &
les portèrent à de nouveaux efforts, qui rendirent long-tems
indécife la gloire de cette jour-
née. Moyse & Aaron fur la montagne, & les Prêtres de Baal fur

une éminence oppofée, fpecta-
teurs inquiets du combat, faifoient des vœux contraires ; les
uns invoquoient le Dieu de Sinaï, les autres nous offroient des
facrifices ; mais, ô prodige ! Du-
rant tout le tems que Moïfe tenoit les mains levées [1] vers le
Ciel , Ifraël avoit l'avantage.
Les baiffoit-il de laffitude, Amalec triomphoit, & Balac s'applau-
diffoit ? Déja les Hébreux ces
fiers vainqueurs de Pharaon , &
de la mer Rouge , difperfés &
mis en fuite, alloient devenir la
proie des Nations, quand l'Ange tutelaire d'Ifraël , courant infpirer à *Aaron* , & à *Hur* [1] de fou-

---

1 *Les mains levées.* Cumque levaret
Moïfes manus, vincebat Ifraël ; fi autem paululum remififfet fuperabat
Amalec. *Exod. 17. 8. 11.*
　2 *Aaron & Hur.* Aaron autem &

tenir conſtamment les mains de
Moïſe levées vers le Ciel, la
victoire ſe déclara viſiblement
pour les Hébreux. Oui, Princes, Joſué ſubitement ranimé[1]
par une force ſupérieure ral-
lie les fuyards, ils reviennent,

Hur ſuſtentabant manus ejus ex utra-
que parte, & factum eſt ut manus illius non laſſarentur uſque ad occaſum
ſolis, fugavitque Joſue Amalec & populum ejus in ore gladii. *Exod.* 17. 8.
12. 13.

1 *Joſué ſubitement ranimé.* L'Hiſtoire
Sainte n'eſt pas la ſeule qui parle d'un
guerrier ſi célébre. L'Hiſtoire profane
en penſant le décrier, en a fait l'éloge;
elle nous apprend qu'on voyoit en Phénicie des colonnes avec cette inſcrip-
tion. *Par ici a paſſé Joſué fils de Nun,
le deſtructeur du genre humain.* C'eſt
ainſi que ces peuples infidéles parloient
de la guerre à toute outrance, que ce
Général du peuple Hébreu leur faiſoit
par le commandement de Dieu même.
Il ne ſurvécut à Moïſe que quatorze
ans. *Bochard Géographie Sainte.*

une ardeur invisible les porte
& les pousse ; le combat recom-
mence avec plus d'acharnement
& de férocité que jamais ; l'A-
malécite résiste en vain, rom-
pu , terrassé , il est défait & tail-
lé en piéces. L'Arabe fugitif
abandonne & déserte le champ
de bataille ; & fier même dans
sa fuite , il décoche en courant
par derriere ses flêches empoisonnées [1] contre l'ennemi qui le

---

2 *Ses flêches empoisonnées.* Les Mau-
res étoient obligés d'empoisonner leurs
flêches pour se défendre des bêtes , dont
leur pays étoit plein. Cette nécessité
donna lieu à l'empoisonnement des flêches. On en voit une preuve dans l'O-
dissée d'Homere ; mais ce qui ne fut
d'abord qu'un remede juste & innocent, devint bientôt un moyen très-
criminel & très-abominable ; car on
l'employa contre les hommes ; le Prophète Nahum dit aux Assyriens , *que*
les Chaldéens ont deja empoisonné les

pourſuit. Puiſſances infernales,
le croirez vous ? Le vainqueur
plein de confiance au Dieu qui
avoit rendu ſes bras d'airain [1]
Joſué par un ordre abſolu arrête
le Soleil [2] dans ſa courſe, &
l'oblige à retarder ſon couchant,
pour éclairer ſa victoire, & la

---

*flèches dont ils ſe doivent ſervir con-
tr'eux ... & abietes, venenatæ ſunt.* On
prétend que les Scythes furent les premiers qui en donnerent l'exemple. Ils
empoiſonnerent leurs flèches avec de la
ſemence de vipere & du ſang humain,
ce qui compoſe un poiſon ſans remede.
Vid. Plin. 11. 53.

1. *Ses bras d'Airain.* Poſuiſti ut ar-
cum æreum brachia mea. *Pſalm. 17.*

2. *Arrête le Soleil.* Sol contra Ga-
baon ne movearis, & Luna contra val-
lem Ajalon. Et ſteteruntque Sol & Luna, donec ulciſceretur ſe gens de ini-
micis ſuis ; non fuit anteà nec poſteà
tam longa dies, obediente Domino voci
hominis, & pugnante pro Iſrael. *Joſué*
10. v. 12. 13. 14.

rendre complette. Non, sans le secours dont le bras du tout-puissant favorisa l'Hebreu en cette occasion, c'étoit fait, plus de peuple choisi : Israël rentroit dans son premier néant, & l'Enfer triomphoit à jamais de Moïse, de Josué, & de tous les enfans de Jacob.

Cette disgrace ne m'abbattit point ; & la partie ne se trouvant plus égale, après une déclaration si autentique du Très-haut, il fallut de nouveau recourir à la ruse ; ainsi ce que je n'avois pû faire par la force ouverte, & par la voie des armes, j'en vins à bout par les conseils pervers [1] de

----

1 Conseils pervers. *Verumtamen pergens ad populum meum, dabo tibi consilium quid populus tuus, populo huic faciat extremo tempore.* Num. 24. 14. Ce conseil fut d'envoyer les plus belles

Balaam ; les filles de Madian parurent dans le camp des Hébreux ; ces enfans d'Israël s'oublièrent , & fermèrent l'oreille aux inspirations de leur Ange ; l'amour parla au cœur, & persuada l'idolâtrie. Moïse étoit absent ; je profitai de cet intervale pour faire initier son peuple aux mysteres de Beelphegor [1]. Aveu-

---

filles Madianites dans le camp des Hébreux: Des hommes assistés visiblement de Dieu ne pouvoient être vaincus que par eux-mêmes.

[1] *Béelphegor.* L'initiation aux mysteres de Béelphegor , consistoit à offrir de l'encens à cette Idole sous la forme obscéne de *Priape*, & à se livrer ensuite à l'impureté, & aux infamies les plus horribles avec les femmes , qui étoient sans cesse dans les bois autour de son Temple. C'est pourquoi le peuple de Dieu commit un double crime, de fornication spirituelle, en adorant cette Idole; & de fornication corporelle en se livrant

glé par une folle paſſion , il ſe
prête à tout ; dès ce moment il
aſſiége Aaron dans ſa tente , il
lui demande à grands cris , des
Dieux qui puiſſent lui ſervir de
guide & de protecteurs. Aaron
a la foibleſſe d'y conſentir ; auſſi-
tôt chacun apporte avec empreſ-
ſement des anneaux d'or & des
pierres précieuſes. Les femmes
ſe dépouillent de leurs colliers ,
de leurs pendans d'oreilles [1] ; les

---

au commerce abominable des femmes
Madianites. *Num. 25. 3. Voyez la note
de ce Chant. pag. 92.*

2 *Pendans d'oreilles.* Dixitque ad eos
Aaron , tollite in aures aureas de uxo-
rum, filiorum & filiarum veſtrarum au-
ribus , & afferte ad me. *Exod. 32.*

Aaron en leur demandant les pendans d'oreilles de leurs femmes , & de
leurs enfans , crût qu'elles les refuſe-
roient , que la vanité l'emporteroit
ſur la ſuperſtition ; & que par là le peuple ſeroit détourné de ſe faire une Ido-

filles donnent leurs bracelets, & leurs boucles. Sans delai le métail est jetté en fonte, il en sort une Idole, c'est Apis[1] sous la forme d'un Veau.

---

le, & de commettre une idolâtrie en l'adorant, mais il fut trompé; la passion est aveugle, elle donne tout ce qu'elle a de plus précieux pour se satisfaire, & l'on n'épargne rien pour le crime.

1 *Apis.* Le hazard ayant fait trouver à Memphis un Veau qui avoit quelques taches d'une figure approchante d'un cercle, ou d'un croissant, symbole si respecté parmi les Égyptiens, cette singularité qui n'étoit rien, & qui ne méritoit pas plus d'attention que ces taches blanches qu'on voit au front des chevaux & ailleurs, ils les prirent pour le caractère d'*Isis*, & d'*Osiris*, empreint sur l'animal que leurs Dieux chérissoient; une cervelle hypocondriaque s'avisa de croire & de persuader à d'autres, que c'étoit une apparition du Gouverneur, une visite que le Protecteur de l'Égypte daignoit leur faire. Ce Veau miraculeux après avoir servi

A l'inftant on lui dreffe des Autels [1] au milieu du camp ; on inftitue un jour folemnel de fê-te , & des facrifices ; les liba-tions impures , les adorations facriléges , & les danfes obfce-nes fe font à l'honneur du nou-

***

par préférence au cérémonial ordinaire, fut logé dans le plus bel endroit de Memphis ; fa demeure devint un Tem-ple ; tous fes mouvemens furent trou-vés prophétiques, & le peuple y accou-rut de toutes parts , fon offrande à la main ; on lui donna le beau nom d'*A-pis* , qui fignifie , *le fort* , *le Dieu puif-fant*. Hift. du Ciel. tom. 1. pag. 368.

1 *Des Autels*. Dixeruntque hi funt Dii tui Ifrael qui te eduxerunt de terrâ Egypti ; quod cùm vidiffet Aaron ædi-ficavit Altare coram eo, & præconis voce clamavit dicens, *cras folemnitas Domini eft*. furgente que mane obtule-runt holocaufta & Hoftias pacificas, & fedit populus manducare & bibere , & furrexerunt ludere. *Exod*. 32, 4, 5. 6.

veau Dieu. Le camp retentit des Hymnes qu'on chante à la gloire d'Apis ; Moïſe les entend, Dieu s'en irrite, ſa fureur s'allume ; & pour tirer une vengeance éclatante [1] de cette prévarication,

---

1 *Une vengeance éclatante.* Moïſe brûla le Veau d'or juſqu'à le reduire en poudre, qu'il mêla dans de l'eau pour en faire boire à tout le peuple. *Arripienſque vitulum quem fecerant, combuſſit, & contrivit uſque ad pulverem quem ſparſit in aquam, & dedit ex eo potum filiis Iſrael. Exod. 32.* Aben-Eſra dit, que Dieu fit un miracle par la poudre du Veau d'or que Moïſe fit avaler aux Iſraëlites pour diſcerner les Idolâtres, puiſque ſans cela les Lévites n'auroient pû les diſtinguer de ceux qui n'avoient point commis l'idolâtrie ; mais il n'a oſé déterminer de quelle nature étoit ce miracle, de peur de s'y tromper. Un Poëte Chrétien l'a fait, car il dit que la barbe de tous ceux qui avoient adoré le Veau d'or, devenoit dorée ou rouſſe, & qu'on les connoiſſoit à ce caractère :

il arme le bras des Levites fidéles, qui faifant main - baffe fur
ce peuple idolâtre, en maffacrè-
rent vingt-trois mille hommes.
C'eft ainfi que je vengeai Amalec & fes Alliés de leur défaite;
& c'eft ainfi que l'Hebreu victorieux, prévariquant au pied
de Sinaï, met le comble à fon
apoftafie. Depuis ce jour de féduction, le goût des Idoles [1] do-

---

*Aurum quod fudit Aaron, defcendit
    eorum*

  In barbas tantum, qui coluere Bovem.
*Nequitiæ plumbum barbæ monftratur in
    auro.*

  Et culpæ pondus, aurea barba notat.
*Petrus Rhemenfis dictus de Riga in au-
rora* mf. in Bibl. Cortoniana apud Selden de Diis Syris. Synt. 1. c. 4. p. 156.
Solden pouffe la chofe loin, & ajoûte
que la poftérité de ces Idolâtres avoit
la barbe rouffe.

  1 *Goût des Idoles.* Tel étoit le préjugé de la naiffance, que les premiers
Ifraëlites avoient fuccé avec le lait en

mina dans Iſraël ; on ne vît plus chez ce peuple indocile, qu'un mélange affreux de vices, d'inconſtance & d'ingratitude ; aujourd'hui conduit par des Juges, demain gouverné par des Rois, & toujours prêt à ſe révolter contre ſon Dieu.

Égypte & dans le commerce des Égyptiens idolâtres, en participant quelquefois à leurs fêtes, ſacrifices & réjouiſſances. Ce préjugé ne pouvoit s'effacer ſi-tôt ; & c'eſt pour cela que le peuple Hébreu, à peine ſorti d'Égypte, encore imbu des ſuperſtitions, & frappé de l'extérieur du culte & des cérémonies que les Égyptiens obſervoient aux fêtes de leurs Dieux, obligea Aaron de lui faire un Dieu viſible ſous la forme d'*Apis* principal Dieu de l'Égypte. Les choſes ſenſibles excitent plus la vénération & le culte des hommes ignorans & crédules, que les choſes purement intellectuelles. La ſuperſtition qui gâte tout ſe gliſſe aiſément dans toute religion à la faveur de l'ignorance & du préjugé.

Fin du ſecond Chant.

CHANT

SOMMAIRE

DU TROISIE'ME CHANT.

SATAN poursuit la narration de tout ce qu'il a fait, & de tout ce qui est arrivé jusqu'à l'apparition de l'Astre, qui annonça aux Rois Mages la Naissance de J. C. il détaille le sujet de leur arrivée ; le trouble qu'elle causa à la Cour d'Hérode, & dans la Ville de Jérusalem ; la jalousie, & la fureur qu'il inspira à ce Roi, pour le porter à exterminer les enfans mâles de la Tribu de Juda : description du massacre des Innocens à Betheléem ; silence des Oracles depuis trente ans ; il rapporte comment la voix de l'Eternel a proclamé son Fils sur les bords du Jourdain ; il expose sa pensée & son opinion sur Jean-Baptiste, & sur J. C. & tout de suite il développe le sujet de ses frayeurs. Il finit ; le conseil commence ; on opine ; débats entre Bélial & Moloch. Satan les réconcilie. Sentiment de Béelzebuth ; raisons pour & contre, pour prouver que J. C. n'est pas un Dieu. Enfin Satan & Béelzebuth opinent à employer

la violence & la ruse tour à tour, selon
les circonstances. Tout le conseil infernal
se range à leur avis. Belial propose de
tenter J. C. par le moyen d'une belle &
illustre pécheresse qui réside à Jérusalem.
Satan qui la connoît approuve ce projet.
Il ordonne à tous les Démons de se rendre à leurs simulacres, & dans leurs temples respectifs, d'y amuser les peuples par
de vains prestiges, tandis que Béelzebuth,
& douze des principaux choisis par le
conseil, tiendront la séance ouverte sur le
Liban, pour aviser aux évenemens futurs.
Après quoi Satan & Bélial se rendent
à Tibériade, & ensuite à Jérusalem pour
inspirer leur frivole projet à Magdeleine.

Ch. Eisen *inv.*   N. Le Mire *sculp.*

C. Brun. inv. et f. 1753. P. Chenu Sculp.

CHANT III.

Dés que par mes intrigues
& les conseils impurs que je dic-
tai à Balaam, la Nation choisie
eût prévariqué, rien ne lui coûta ; son panchant pour l'idolâtrie fut décidé, & invincible. Ce peuple ingrat, par moi
conduit de crime en crime, devint par degrés le plus grand ennemi du Dieu, qui par des prodiges accumulés, l'avoit tiré des
mains du cruel Pharaon. En vain

F ij

dans sa colere, Dieu le châtie par le fer des Nations [1]; mes suggestions l'emportent; il retombe toujours; déja par mon influence victorieuse, je fais changer la face du gouvernement Hébreu; je porte ce peuple à demander un Roi [2], dans l'espéran-

---

1 *Par le fer des Nations.* Les Amalécites, Madianites, Moabites, Ammonites, Philistins, &c. firent de cruelles guerres au peuple Hébreu pendant plus de trois-cens ans, lorsqu'il étoit encore en république, sous le gouvernement des Juges, & depuis même qu'il fut soumis à des Rois.

2 *Un Roi.* Le peuple Hébreu fatigué du Gouvernement des Juges, voyant *Samuel* dans une extrême vieillesse, & que ses enfans dégénéroient en vendant la Justice, & se plongeant dans toute sorte d'excès, résolut de renoncer au Gouvernement *Aristocratique*, pour passer sous *le Monarchique. Samuel* eut beau lui en représenter les inconvéniens; ce peuple inquiet voulut un

ce que corrompant le Chef, je pervertirois plus aisément les sujets par son exemple. Déja les Juges sont abolis; les Rois paroissent; Saül d'abord choisi de Dieu, en est bientôt réprouvé, pour sa désobéissance; devenu le jouet de mes inspirations [1] & de ses

---

Roi, Dieu choisit *Saül*, & *Samuel* le sacra. *1. Reg.*

[1] *Inspirations.* L'opinion des PP. & des Docteurs, est que Saül fut possédé du Démon dès l'instant que l'Esprit de Dieu, qu'il avoit reçû par l'onction sacrée, l'eût abandonné; & ils prétendent que lorsque David jouoit de la harpe devant ce Roi proscrit, pour calmer ses fureurs & ses accès, c'étoit moins l'harmonie de la musique, & la douceur des tons, que la vertu puissante des cantiques divins & des louanges de Dieu, que David chantoit en jouant sur sa harpe, qui mettoit en fuite le Démon de Saül, ou qui le tenoit dans une crainte respectueuse. *1. Reg. c. 16. 14.*

B iij

propres fureurs, ce Prince égaré, court à Endor conſulter ma Pytho-niſſe [1], & ſon infidélité, lui coû-te la couronne, la vie & celle de ſes enfans [2] dans les plaines de

---

1 *Ma Pythoniſſe.* Les Devins & les Ma-giciens étoient fort communs en Iſraël, qu'ils avoient ſuivi à ſa ſortie d'Egypte. *Saül* pour plaire à Dieu qui, au *chap.* 18. *du Déuteronome*, défend de les con-ſulter, les avoit entierement exter-miné; il n'étoit échappé qu'une ſeule femme qu'on nommoit *Pythoniſſe* à cauſe qu'elle étoit adonnée à la Magie, & qu'elle avoit un Démon familier qui lui faiſoit prédire les choſes futures, & apparoître l'ame des morts; elle ſe te-noit cachée à *Endor* où *Saül* fut la con-ſulter. Dieu permit en cette occaſion à l'ame de *Samuel* de venir ſe préſenter à *Saül*, pour lui annoncer les Arrêts de ſa Juſtice, ſa mort prochaine, celle de ſes fils, & le Regne de *David* que Dieu avoit choiſi à ſa place.

2 *Enfans.* Il eſt étonnant que *Saül* ſi bien inſtruit du ſort de la bataille

Gelboë[1]. Ses armes sont offertes

---

qu'il alloit livrer, & de la fin funeste qui
menaçoit sa tête & celle de ses enfans,
ne les eût pas empêché de s'y trouver,
& ne s'en fût absenté lui-même ; mais
il étoit aveuglé par l'Esprit Infernal
qui le possédoit ; peut-être aussi sen-
toit-il que le terrible Décret de Dieu
à son égard ne pouvoit être changé, &
qu'il ne pouvoit les en arracher, ni éviter lui-même son Jugement & la mort.
Il étoit écrit que *Saül* pour surcroît de
douleur & de peine, devoit voir tomber ses fils les uns après les autres dans
la bataille, avant que de succomber
lui-même sous les coups des Philistins.

1 *Gelboë*. Montagne dans la Tribu
d'*Issachar*, qui se joint à celle d'*Ar-
mont* au pied de laquelle étoit la ville
d'*Endor*, où *Saül* alla consulter la Py-
thonisse. Quelques Ecrivains assurent
qu'il ne tombe ni rosée ni pluye sur ces
montagnes, depuis que *David* apprenant la mort funeste de *Saül* & de *Jo-
nathas* son ami, prononça ces imprécations. *Montagnes de Gelboé, qu'il ne*

à Aſtarot [1] , & ſa tête [2] eſt ſuſ-
pendue au Temple de Dagon.
Son regne eſt effacé. Le jeune
Berger fils d'Iſaï , eſt placé ſur
le Trône de la main de Dieu
même. Inſtruit par le funeſte
exemple de ſon prédéceſſeur, *Da-*
vid regne pendant un tems dans
la piété & dans la juſtice ; mais
bientôt il oublie ſon devoir &
ſon Dieu. La proſpérité l'aveugle ; la moleſſe le corrompt , la

---

tombe ni roſée ni pluye ſur vous , ſoyez
à jamais ſtériles ; parce que c'eſt ſur vous
qu'a ſuccombé le bouclier des forts , le
bouclier de Saül.

1 *Aſtarot.* Et poſuerunt arma ejus
in Templo Aſtarot. *2. Reg. c. 31.*

2 *Sa tête.* Et præciderunt caput Saül ,
& ſpoliaverunt eum armis , & miſerunt
in terram Philiſtinorum per circuitum ,
ut annuntiaretur in Templo Idolorum
& in populis. Corpus vero ejus ſuſpen-
derunt in muro Bethſan. *Ibid.*

concupifcence des yeux [1] enfante
le crime dans le cœur. Ce vainqueur des Geans [2] & des monftres, vaincu par fa paffion, fe
voit conduit par l'adultére & le
meurtre fur les bords du précipi-
ce; il périffoit, fi la voix du repentir n'eut touché fon cœur, &
fait couler fes larmes [3]; il perif-

---

1 *La concupifcence des yeux.* Omne
quod eft in mundo concupifcentia car-
nis eft, & concupifcentia oculorum &
fuperbia vitæ. *1. Joan. 2. 16.* Deinde
concupifcentia cum conceperit, parit
peccatum : peccatum vero cùm con-
fummatum fuerit, generat mortem.
Jacob. 1. 15.

2 *Vainqueur des Géans & des Monftres.* Cum leonibus lufit quafi cum
agnis, & in urfis fimiliter fecit ficut in
agnis ovium à juventute fuâ. Numquid
non occidit gigantem & abftulit oppro-
brium de Gente. *Ecclefiaftici. 47.*

3 *Fait couler fes larmes.* Chriftus pur-
gavit peccata ipfius & exaltavit cornu
ejus in æternum. *Ibid.*

soit , & avec lui cette suite nombreuse de Rois, qui devoient être la gloire de Juda. *Salomon* son fils, doüé du don de la sagesse, la perd dans les bras des beautés idolâtres qui le captivent; amolli, deshonoré dans un serrail des plus belles femmes de l'Asie , Moabites , Ammonites , Iduméenes , Sidoniennes , Hethéenes , toute la terre le vît aux pieds de nos Idoles[1], adorer Astarté[2] & Moloch,

---

1 *Idoles.* Cumque jam esset senex Salomon (habebat enim annum quinquagesimum quartum) depravatus est cor ejus per mulieres , ut sequeretur Deos alienos ; nec erat cor ejus perfectum cum Domino Deo suo , sicut cor David patris ejus , sed colebat Salomon *Astartem* Deam Sydoniorum , & *Moloch* Idolum Ammonitarum. 3. *Reg. c. 11.*

2 *Astarté & Astarot*, sont dans le fond une même chose ; mais leur Idole

& fur un mont voifin de Sion,
à la vûe des Autels de Dieu,
élever un Temple [1] à Chamos [2]
Idole de Moab, & nous prodiguer les parfums de l'Arabie,
fous le titre des Dieux de
Tyr & de Sydon. Ce double crime ne refta point impuni. Jeroboam, fon favori & le plus vaillant de fes Généraux, eft le fleau
dont Dieu fe fert pour frapper

étoit fouvent différente. Chez un peuple elle étoit *Femme*, & *Homme* chez
un autre. Elle n'étoit pas la même chez
les Sydoniens, que chez les Afcalonites
& les Syriens; fous fes divers noms
fouvent on adoroit ou *Vénus*, ou *Diane*, ou la *Lune*.

Temple. Tunc ædificavit Salomon fa-
num *Chamos* Idolo Moab, in monte qui
eft contra Jerufalem, & *Moloch* idolo
filiorum Ammon. *3. Reg. cap. 11.*

2 *Chamos.* Idole des Moabites, eft le
même que *Bacchus* à caufe que fon
nom en Grec veut dire *manger & boire.*

F vj

Salomon dans la perſonne de *Roboam* ſon fils. Ce jeune voluptueux régit ſes peuples avec un ſceptre de fer ; ſes ſujets ſe révoltent ; de douze tribus qui compoſoient ſa floriſſante Monarchie, dix ſe ſéparent de celles de *Juda*, & de *Benjamin* ; Jeroboam s'en déclare le Chef ; il va fonder le Royaume d'Iſraël ſur les hauteurs de Sichem ¹ dans

---

1 *Sichem.* Ville de la Paleſtine dans la Tribu d'Ephraïm, & l'une des principales de la Province de Samarie, *S. Jean dans ſon Evangile* l'appelle *Sichar*, Jéroboam ayant fait le ſchiſme des dix Tribus, rebâtit Sichem, & y fonda ſon nouveau Royaume, ſous le nom de *Royaume d'Iſraël*, en oppoſition à *celui de Juda* qui reſta, avec la Tribu de ce nom, & celle de *Benjamin* à Roboam fils & ſucceſſeur de Salomon ; mais *Amry* Roi d'Iſraël, un des ſucceſſeurs de Jéroboam, tranſporta ſon Siége à Samarie qu'il avoit bâtie : Sichem

la terre d'Ephraïm. Ce nouveau Roi regne d'abord avec empire & équité ; mais bien-tôt imbu de mes maximes, je le rends infidéle au Dieu qui l'a choisi. Et par un trait de ma politique infernale, je lui inspire de porter ses peuples à l'idolâtrie, de peur que s'ils alloient sacrifier au temple de Jerusalem, il ne leur prit envie de se réunir à leurs freres, de se remettre sous le sceptre [1]

étoit autrefois un Evêché, aujourd'hui il n'y a ni Eglise ni Catholiques. *S. Justin Martyr* témoigne qu'il étoit natif de Sichem, qu'on nommoit alors *Flavia Neapolis*, à l'honneur de Vespasien.

1 *Sous le Sceptre.* Dixitque Jeroboam in corde suo, nunc revertetur Regnum ad domum David, si ascenderit populus iste, ut faciat sacrificia in domo Domini in Jerusalem, & convertetur cor populi hujus ad Dominum suum Roboam Regem

de Juda, & que la tête du nouveau Roi d'Iſraël portée à Jéruſalem, ne devint le ſceau de leur
réconciliation : de quoi n'eſt
point capable l'ambition, & que
ne fait-on pas pour ſe conſerver
la couronne & la vie ? Dès ce moment, de *ſchiſmatique* qu'il étoit,
Jeroboam devient *idolâtre*, &
tout Iſraël avec lui ; il porte ſes
excès à leur comble ; il proſcrit
le culte de Dieu ; il rompt tout
commerce avec Jeruſalem [1] ; il
défend d'aller adorer dans ſon
temple, il en érige ſur toutes les
montagnes [2] & les collines ; il

Juda, interficientque me, & reverten-
tur ad eum. *3. Reg. c. 12.*

[1] *Commerce avec Jeruſalem.* Et exco-
gitato conſilio fecit duos vitulos au-
reos, & dixit eis, nolite ultrà aſcendere
in Jeruſalem. *Ibid.*

[2] *Montagnes.* Et fecit fana in excelſ

dreſſe des Autels aux Idoles, qu'il appelle les *Dieux d'Iſraël* [1] ; il s'en déclare le *Grand-Prêtre* , & le *Souverain Sacrificateur*, il crée des Prêtres [2] & des Sacrificateurs ſubordonnés, & à prix d'argent [3] ; il inſtitue un jour ſolemnel [4] ; il donne l'exemple ; il égorge des

---

ſis, & Sacerdotes de extremis populi qui non erant de filiis Levi. *Ibid.*

1 *Dieu d'Iſraël.* Ecce Dii tui Iſrael, qui te eduxerunt de terrâ Egypti. *Ibid.*

2 *Il crée des Prêtres.* Conſtituitque in Bethel , Sacerdotes excelſorum quæ fecerat. *Ibid.*

3 *A prix d'argent.* Fecitque de noviſſimis populi Sacerdotes excelſorum ; quicumque volebat , implebat manum ſuam , & fiebat Sacerdos excelſorum. *Ibid.*

4 *Solemnel.* Conſtituitque diem ſolemnem in menſo octavo , quinta decima menſis , in ſimilitudinem ſolemnitatis quæ celebrabatur in Judâ. *Ibid.*

victimes[1] ; l'encens fume[2], par
tout on adore le Veau d'or, en
Bethel[3], en Dan[4] ; Samarie devient l'émule de Jeruſalem, &
Baal[5] a ſes ſacrifices au milieu
de cette capitale d'Iſraël.

Un Schiſme ſuivi d'une idolâtrie ſi horrible aux yeux de Dieu,
attire bientôt tous les fleaux de
ſa colere ; les Rois des Nations

---

1 *Victimes.* Et aſcendens altare ſi-
militer fecit in Bethel ut immolaret vi-
tulis, quos fabricatus fuerat. *Ibid.*

2 *L'encens fume.* Et aſcendit ſuper
Altare quod extruxerat in Bethel, ut
adoleret incenſum. *Ibid.*

3 *Bethel.* Poſuitque unum in *Bethel,*
& alterum in *Dan.* Ibid.

4 *Dan.* Et ibat populus ad adoran-
dum vitulum uſque in *Dan.* Ibid.

5 *Baal.* Baal dans ſa ſignification en
Langue Hébraïque & Chaldaïque,
ſignifie le *Seigneur,* & par cette expreſſion on entend toute ſorte de Dieux
& Déeſſes.

apportent des fers à Israël, &
le mettent sous le Tribut. Les
fréquentes captivités qu'il essuye,
loin de le corriger l'aigrissent, au
point que son désespoir enfante
une haine implacable [1] entre les
peuples de Jerusalem & ceux de
Samarie ; ils s'épuisent en combats ; l'affreuse guerre qui fait
couler leur sang , ne diminue
rien des excès d'irréligion , &

---

1 *Haine implacable.* Depuis la dis-
persion du gros de dix Tribus d'Israel ,
dans le Nord de l'Asie , sous *Salmana-
sar* , les plus pauvres familles restées
dans les environs de Samarie , furent
mêlangées avec les Idolâtres qu'*Assara-
don* fit venir de *Chuta* & de *Chusistan.*
Ce qui augmenta l'ancienne prévention des Juifs, au point qu'ils n'avoient
aucun commerce avec les Samaritains
& que ceux-ci réciproquement ne vouloient pas se servir d'un instrument qui
auroit été à l'usage d'un Juif. *Euseb.
præpara. Evang.*

de barbarie qui les diſtinguent à l'envi. Tant d'abominations montent juſqu'au Ciel ; Dieu ſe retire de ſon peuple ; & ſon éloignement que j'avois prévû, me laiſſa la liberté de l'opprimer & de le perdre. Il n'étoit plus queſtion de le ménager ; le moindre retour de ce peuple indocile vers ſon Dieu, pouvoit le remettre en grace ; il falloit donc hâter ſa ruine. Ma haine & ma politique l'exigeoient. J'appelle Salmanaſar des rives du fleuve *Gozan* [1] ; ce Monarque Aſſyrien accourt, & ſubjugue Oſée Roi d'Iſraël, digne ſucceſſeur des Athalies, & des Jéſabels ; il ruine de fond en comble le Royaume de Jeroboam : funeſte époque pour Iſraël ! Il eſt traîné captif

---

1 *Gozan.* Fleuve du pays des Medes.

dans *Hala*, dans *Habor*[1], & fes
enfans chargés de fers, font difperfés parmi les nations fans aucun efpoir de retour[2].

Le Royaume de Juda réduit
aux deux Tribus de *Juda*, & de
Benjamin, n'eût pas une conduite plus fage, ni un fort plus
heureux. Je rends fes peuples
idolâtres par ambition ; je fais
briller à leurs yeux l'opulence &
l'état floriffant des Affyriens, des
Babiloniens, des Egyptiens &

---

1 *Hala & Habor*. Villes du Royaume
des Medes.

2 *Retour*. Les dix Tribus où le culte
de Dieu s'étoit éteint, furent tranfpor-
tées à Ninive ; & difperfées parmi les
Gentils, elles s'y perdirent tellement,
qu'on ne peut plus en découvrir aucune trace ; il en refta quelques débris
qui furent mêlés parmi les Juifs, &
firent une petite partie du Royaume
de Juda. *Boff. Difc. fur l'Hift. Univ.*

des Syriens, & autres Nations
voisines, comme un effet visible
de la protection de leurs Idoles;
& alors un triste retour du peuple Hébreu sur sa misere, comparée à la prospérité des Nations,
lui en fait embrasser le culte. Cette prévarication n'est point im-
punie : Dieu suscite Nabuchodonosor [1], ce fier vainqueur de

---

[1] *Nabuchodonosor II.* plus terrible
que son pere *Nabopolassar*, lui succéda,
ce Prince nourri dans l'orgueil, & toujours exercé à la guerre, fit des conquêtes prodigieuses en Orient & en Occident, & Babylone menaçoit toute la
terre de la mettre en servitude. Ses me-
naces eurent bientôt leur effet à l'égard
du Temple de Dieu. Jérusalem fut aban-
donnée à ce superbe vainqueur qui la
prit par trois fois. La premiere au commencement de son regne, & à la quatriéme année du regne de *Joackim*, d'où
commencent les soixante-dix années de
la captivité de Babylone, marquées par

Juda en brife le fceptre , fait
maffacrer le dernier de fes Rois ,
Sedecias & fes enfans , détruit
fon Royaume, & traîne tout fon
peuple captif en Babylone. Il y
gémit dans les fers pendant foi-
xante-dix ans. A la fin Dieu s'ap-
paife ; il touche le cœur de Cyrus [1] , il rompt les fers de fes cap-

---

le Prophéte *Jérémie*. La feconde , fous
Jechonias ou *Joackim* , fils de *Joackim* ,
& la derniere fous *Sedecias* , où la Ville
fut renverfée de fond en comble , le
Temple réduit en cendres , & le Roi
mené captif à Babylone avec *Saraïa* ,
Souverain Pontife , & la meilleure partie du peuple. Les plus illuftres de ces
captifs furent les Prophétes *Ezéchiel* &
Daniel ; on compte auffi parmi eux les
trois jeunes hommes que Nabuchodo-
nofor ne put forcer à adorer fa ftatue ,
ni les confumer par les flammes. *Boff.*
Difc. fur l'Hift. Univ.

1 *Cyrus.* Roi de *Perfe*, Fils de *Cam-*
byfe ,   & de *Mandane* , fœur de *Da-*

tifs ; le peuple Hébreu revient dans sa patrie, Jérusalem se re-leve ; son Temple se rebâtit [1] ;

---

rius le Mede , étoit un Prince de la main de Dieu , & qu'il avoit destiné au rétablissement de son peuple , de sa Ville & de son Temple ; ce qu'il fit par un décret de la premiere an-née de son regne. Ce Prince que l'E-criture qualifie de *Christ* , ou *Oint du Seigneur* , étoit la figure de J. C. qui devoit délivrer un jour toutes les Na-tions de la servitude du péché.

1 *Se rebâtit.* Les Juifs revenus de Babylone avoient commencé , inter-rompu, & repris à diverses fois le bâti-ment du Temple sous *Cyrus* , sous *Cambyse le mage* , sous *Darius Histas-pide* , & sous *Xercès* ; les Samaritains, les Ammonites , & leurs autres voisins, jaloux du rétablissement de ce Temple, le troublerent par des accusations por-tées contre les Juifs à la Cour de Perse, & par des actes d'hostilités ; mais quoi-que malgré ces traverses, par les soins de *Zorobabel* & d'*Esdras* , le Temple

mais son sceptre reste enseveli
sous ses anciennes ruines. L'Hébreu exempt d'idolâtrie [1] & de
crainte, vit quelque tems heureux sous la protection des Rois
de Perse. Mais bientôt je lui suscite de nouvelles épreuves [2] plus

---

eut été enfin amené à une forme régu-
liere & supportable, les loix de *Moïse*
n'étoient pas observées. *Spect. de la Nat.*
Tom. 8. p. 359.

1 *L'Hébreu exempt d'idolâtrie.* Les
Juifs durement punis par une captivité
de soixante-dix ans de leur pente à l'i-
dolâtrie, en conçurent depuis leur retour
sous *Cyrus* un tel éloignement, qu'ils
en redoutoient la plus simple apparence
plus même que la mort. *Spect. de la Nat.*
tom. 8. Prépar. Evang. pag. 41.

2 *Epreuves.* Ce fut la persécution
d'*Antiochus l'Illustre* qui surpassa toutes
celles que le Peuple de Dieu avoit es-
suyé des nations idolâtres en divers tems,
persécution qui ne peut être comparée
qu'à celle que l'*Antechrist* fera aux Elûs

cruelles que les premieres ; *Antiochus* que j'armai pour ſa deſtruction, eut crû ne l'avoir vaincu qu'à demi, ſi après avoir proſcrit la Loi de Sinaï, brûlé les livres ſaints, profané Jeruſalem, en l'inondant d'Idoles, & conduit par moi dans ſon Temple, il n'eût placé ma Statue de *Jupiter*[1] *Olympien* dans le Sanctuaire, & ſur l'Autel de Dieu même.

Ce fut alors que mon triomphe fut complet : je bravai Dieu en lui uſurpant le dernier Autel qui lui reſtoit ſur la terre ; car

---

à la fin des ſiécles. *Voyez Livr.* 1. *des Machab. Chap.* 1.

Jupiter. Die quinta decima menſis Caſleu, quinto & quadrageſimo & centeſimo anno, ædificavit Rex Antiochus abominandum idolum deſolationis ſuper altare Dei, per univerſas civitates Juda, & in circuitu ædificaverunt aras. 1. *Mach. Chap.* 1.

qu'étoit-ce

qu'étoit-ce que le culte qu'il y
conservoit encore ? Relegué dans
un seul Temple[1], adoré par une
seule Nation, servi par une seule

---

1 *Seul Temple*. Toute la terre étoit pos-
sédée de la même erreur, la vérité n'o-
soit y paroître Ce grand Dieu créateur
du monde, n'avoit de Temple, ni de
Culte qu'en Jérusalem ; & quand les
Gentils y envoyoient leurs offrandes, ils
ne faisoient d'autre honneur au *Dieu
d'Israël*, que de le joindre aux autres
Dieux. Pouvoit-on garder le respect qui
est dû aux choses divines, au milieu des
impertinences que contenoient les fables, dont la représentation, ou le souvenir faisoient une grande partie du
culte divin ? Tout le service public n'é-
toit qu'une continuelle profanation,
ou plûtôt une dérision du *Nom de Dieu,*
& il falloit bien qu'il y eut quelque
Puissance ennemie de ce *Nom sacré,* qui
ayant entrepris de le ravilir, poussa les
hommes à l'employer dans des choses si
méprisables, & même à le prodiguer
à des sujets si indignes. *Boss. Disc. sur
l'Hist. Univ.*

Tome II.   G

Tribu, il ne voyoit aux pieds de ſes Autels que des hommes char- nels, groſſiers & intéreſſés; & ſur ſes Autels mêmes, que des victimes de peu de prix, offer- tes par des hommes de peu de foi; victimes qu'on y traînoit malgré elles, & qui ſe refuſant toujours, s'en échappoient ſou- vent avec fureur; tandis que tou- te la terre retentiſſoit de la voix de nos Oracles; que nous y comp- tions mille & mille Temples, où nous étions adorés par toutes les Nations, & ſervis par tous les peuples. Les premieres têtes du monde, les Empereurs, les Rois, briguoient l'honneur d'être nos Sacrificateurs, & nos ſouverains Pontifes [1]; & de la même main

_____

1 *Pontifes.* Jules Céſar fut le premier des Empereurs Romains qui prit le titre de *Souverain Pontife*, dont il fit les

qu'ils portoient le sceptre, &
qu'ils donnoient des loix à l'U-
nivers, ils ne rougissoient point
de prendre le coûteau sacré, &
de le porter dans les entrailles
palpitantes des victimes : en quel
nombre, & de quelle espéce ne
m'en offroit-on pas ? peu contens
de brûler devant nos Idôles des
Boucs & des Taureaux, vils animaux, on nous immoloit des
Hosties de plus grand prix ; victimes raisonnables & volontaires, qui par choix & par préférence, se vouoient elles-mêmes
en holocauste, & présentoient

fonctions à la tête du College des Pontifes institués sous *Numa*. Les successeurs
de *Jules Cesar* s'attribuerent également
ce ministere, & ce titre, que *Constan-
tin* premier Empereur Chrétien, refusa
de prendre par respect pour le véritable
Souverain Pontife du vrai Dieu, Vicaire
de J. C. & Chef de son Eglise.

sans frémir, leur sein au fer du Sacrificateur ; les peres sacri-fioient leurs enfans [1] ; les femmes suivoient leurs maris au bûcher ; les filles des Rois & des Prin-ces se consacroient à mon culte sous le titre de *Vestales* [2] ; & en-

---

1 *Sacrifioient leurs enfans.* Voyez ce qui en est dit au premier Chant, pag. 115.

2 *Vestales.* C'étoient des filles Ro-maines de noble extraction qui fai-soient vœu de virginité, & qui étoient enterrées toutes vives lorsqu'elles le violoient. Leur fonction étoit d'entre-tenir le *feu sacré* dans le Temple de *Vesta. Numa* institua quatre Vestales, *Plutarque* dit, que *Servius Tullius* en ajoûta deux autres : ce nombre de six dura autant que le culte de la Déesse *Vesta* dura. *S. Ambroise* en compte sept, apparemment il y comprenoit la *grande Vestale,* ou Supérieure des *Ves-tales,* qui étoit fort respectée & avoit un grand crédit & autorité dans Rome. Ce Saint faisoit un sujet de raillerie de

tretenoient d'une main chaste le
feu éternel [1] qui brûloit sur nos

---

ce qu'à peine pouvoit-on trouver *sept*
Vestales dans tout l'Empire Romain.

1 *Le feu éternel.* Un symbole des
plus anciens, parce qu'il est devenu
universel, est le feu qu'on entretenoit
perpétuellement dans le lieu de l'assemblée des peuples. Rien n'étoit plus propre à leur donner une idée sensible de
la puissance, de la beauté, de la pureté
& de l'éternité de l'Etre qu'ils venoient
adorer. Ce symbole magnifique a été
en usage dans tout l'Orient. Les Perses
le regardoient comme la plus parfaite
image de la Divinité : *Zoroastre* n'en
introduisit point l'usage sous *Darius*
Hystaspes, mais il enchérit par des vues
nouvelles sur cette pratique établie long-
tems avant lui. Les *Prytanées* des Grecs,
étoient un foyer perpétuel. La *Vesta*
des Etrusques, des Sabins, & des Romains, n'étoit rien de plus, *au rapport*
d'Ovide dans ses Fastes. „ *Nec tu aliud*
„ *Vestam, nisi vivam intellige flammam,,.*
On a trouvé le même usage au Pérou,
& dans d'autres parties de l'Amérique.

G ij

Autels de *Veſta*. Mais de tous
ces honneurs aucun ne me flat-
ta, ni n'égala celui que je reçus
d'occuper le Sanctuaire de Dieu,
& d'avoir réduit ſon peuple ſous
le plus dur eſclavage des Nations
incirconciſes. Ce fut en vain que
les *Machabées* (je ne prononce
ce nom qu'en frémiſſant) réu-
nirent en leur perſonne le Sacer-
doce & la Royauté, pour rendre
la liberté à leur patrie ; ce zèle

Moïſe même conſerva la pratique du feu
perpétuel dans le Lieu Saint. Parmi les
cérémonies dont il fixa le choix & preſ-
crivit le détail aux Iſraëlites. *Ignis autem in Altari ſemper ardebit quem nutriet
Sacerdos, ſubjiciens ligna manè per ſin-
gulos dies ; ignis eſt iſte perpetuus qui
numquam deficiet in Altari.* Levit. c. 6.
v. 12. 13. Le même ſymbole ſi expreſ-
ſif, ſi noble, & ſi peu capable de jetter le peuple dans l'illuſion, ſubſiſte encore aujourd'hui dans nos Temples.
Hiſt. du Ciel. tom. 1. pag. 27. 28.

n'eût qu'un tems, & malgré leurs vertus, leurs exploits & leurs victoires, je les fis tous périr successivement, quoique protégés du Ciel.

C'est ainsi que par mes intrigues couvertes, le Sceptre de Juda, sortit de la maison de *Jacob*, pour passer dans celle d'*Esaü* en la personne d'Herodes le grand, Prince tirant son origine de l'Idumée, & dont la piété & celle de ses ancêtres, qui autrefois dans Ascalon, avoient religieusement desservi un Temple[1] de nos Idoles, méritoit cette élé-

---

1 *Desservi un Temple.* Antipater, Iduméen de nation, étoit fils d'*Antipas* Gouverneur d'Idumée, & fut Pere d'Hérode le Grand. *Africanus* assure qu'*Antipater* avoit été Concierge du Temple d'*Apollon* à Ascalon ; Hérode le Grand son fils, bâtit la ville d'*Antipatride* pour honorer sa mémoire.

G iiij

vation ; Prince, ſelon mon cœur,
qui ſacrifioit tout à la fortune
des Romains , & qui ne connût
jamais d'autre Dieu que ſon ambition. C'étoit à cette epoque fameuſe que les Prophètes , & les
Livres ſaints, avoient fixé la ve-
nue du Libérateur promis à
Iſraël. Ne pouvant arrêter le
cours de cette grande révolution,
je mets tout en œuvre pour l'éluder , & en diſtraire l'attention
des peuples ; & dans le même
tems que j'épaiſſis les ténebres
qui couvrent toutes les Nations de la terre , que je les
égare dans la recherche de la
vérité[1], & que j'aveugle leur rai-

_____

1 *Recherche de la vérité.* La Philoſophie avoit multiplié les Sectes ; on ne
parloit que de ſageſſe & de ſages ; on
donnoit ce titre à ceux même qui rui-
noient la vertu par indulgence ou par

fon par les lumieres d'une fauffe

---

principes ; on la donnoit à *Epicure* & à
Lucrece. De degré en degré cette fageffe
avoit obfcurci jufqu'aux premieres vérités. ,, *Platon* , le plus accrédité de tous
,, les Anciens , prépare de fon auto-
,, rité , non des punitions , mais des
,, récompenfes brillantes aux attache-
,, mens les plus déreglés , & les plus
,, contraires à l'intention de la Nature.
,, Il convient qu'un grand Philofophe
,, comme *Socrate* , fera mieux de s'en
,, abftenir , pour être fupérieur à fes
,, defirs. Le Philofophe en s'en tenant
,, à l'amour du Beau intellectuel fans
,, être dominé par le goût du plaifir ,
,, fe forme , dès cette vie , les aîles qui
,, le tranfportent au fortir du corps
,, dans une gloire parfaite. Mais cette
,, tranquillité philofophique n'eft point
,, d'obligation ; il y a des Philofophes
,, amis du Beau , qui fuivent un train
,, plus commun , & qui fans ambition-
,, ner de parvenir à la fuprême per-
,, fection , bornent leurs vertus à fui-
,, vre les exemples du grand *Jupiter* ,
,, & de cet autre Dieu qui remplaça

G v

ſageſſe, dont l'orgueil porte ſes prétendus ſages à s'égaler, & même à ſe mettre au-deſſus de la divinité, au même tems j'ob-ſcurcis la religion du peuple de Dieu ſous mille ſectes [1]. J'embrouille le ſens myſterieux [2] des

---

„ *Hébé*. Ceux-là, dit *Platon*, éprouve-
„ ront après leur mort un vol moins agi-
„ le; mais il n'y a point de Loi qui les re-
„ legue ſous terre. L'amour du Beau a
„ déja commencé à leur donner des
„ aîles, dont le vol s'affermira juſqu'à
„ les enlever dans le ſéjour de la féli-
„ cité. " C'eſt à la jeuneſſe que *Pla-ton* adreſſoit cette Philoſophie, où ce délire ſcandaleux, comme les leçons d'un ſublime ſçavoir. *Spect. de la Nat. tom. 8. pag. 252.*

1 *Sectes.* Voyez la note du Chant 1. pag. 119.

2 *Sens myſterieux.* Ce fut dans ce tems-là (après la diſperſion générale ſous l'Empereur Adrien) que les Juifs s'occuperent plus que jamais à détour-ner le vrai ſens des Prophéties qui leur

Prophéties dans un cahos inexplicable. Déja les Prêtres & les Docteurs de la Loi, l'esprit gâté par les visions des Chaldéens, interprétent les Oracles sacrés selon leur caprice & leur diverses traditions ; j'ajoute l'illusion à l'imposture ; la nouveauté sortant de son sein, porte une main téméraire sur la Loi ; le *Rabbinisme* [1] enfant informe, la grossie-

---

montroient Jesus-Christ. *Akiba* le plus renommé de tous leurs Rabbins, les leur faisoit appliquer à *Barchochebas*. *Boss. Disc. sur l'Hist. Univ.*

3 *Rabbinisme.* C'est la doctrine des Rabbins, fondée sur des traditions, soit orales, soit écrites, qui ont donné lieu au *Talmud*, commentaire de la Loi, auquel les Juifs n'ajoûtent guéres moins de foi qu'à l'Ecriture. On le distingue en *Talmud* de Jerusalem qui fut compilé par les Juifs de cette Ville, trois cens ans après Jesus-Christ, & en *Talmud* de Babylone, qui le fut

re fuperftition l'obfcurcit & la

---

cinq cens après Jefus-Chrift par les
Juifs qui habitoient en Méfopotamie.
C'eft le *Talmud* Babylonien qu'on lit
ordinairement, & qui a le plus de cours
parmi les Juifs, en forte que quand on
dit fimplement le *Talmud*, on entend
celui de Babylone qui contient deux
parties; l'une eft le *texte*, l'autre eft la
glofe, ou le commentaire. Ce commentaire appellé *Gemare*, renferme les dé-
cifions des Docteurs Juifs, & leurs ex-
plications fur le *texte*; on y trouve un
grand nombre de rêveries & de contes
ridicules, beaucoup d'ignorance & de
difputes inutiles; le ftile en eft groffier.
Au contraire le *texte* qu'ils appellent
Mifna, eft écrit d'un ftyle affez pur,
& les raifonnemens font plus folides.
Les Juifs prétendent qu'il a été compilé par le Rabbin *Judas*, furnommé
le *Saint*; & que Dieu lui en révéla la
doctrine, & les principaux myfteres.
Ce font les traditions qui s'étoient con-
fervées parmi les Juifs : ils difent que
le Rabbin *Judas* redigea cet ouvrage
fons l'Empire d'*Antonin* dans le deuxié-

tronque. Ce n'eſt plus cette Loi
pure donnée à Moïſe ſur le ſommet de Sinaï ; totalement défigurée par les erreurs d'une *cabale* [1] chimérique , la religion du

---

me ſiécle. Tous les Auteurs ne ſont pas
d'accord de cette antiquité de la *Miſna*,
& la reculent de pluſieurs ſiécles. Le
Rabbin *Moïſe* fils de *Maimon* en a fait
un abrégé qui vaut mieux que le *Talmud* , ſelon le témoignage de *Scali-
liger* , parce qu'il l'a purgé de pluſieurs
fautes dont il eſt plein. C'eſt un recueil
des Loix & des Coutumes des Juifs ; leur
droit civil & canonique ; & c'eſt ce qu'il
y a de meilleur dans leurs traditions.

r *Cabale.* Science myſterieuſe , oc-
culte & ſecrette , que les Juifs prétendent avoir par tradition , & par la bouche des Prophëtes. Ils en tirent des raiſons pour expliquer tous les Myſteres
de la Divinité , & toutes les opérations
de la Nature ; ce qui conſiſte la plûpart
du tems dans la ſcience , ou la combi-
naiſon des *nombres* , & en des rapports
myſtérieux qu'ils font des choſes aux

peuple Hébreu cesse d'être une religion d'homme, pour devenir une religion d'enfant; & le testament de l'alliance sacrée se trouve noyé dans un déluge d'observances puériles.

Cependant au milieu de mes triomphes, il me restoit encore une inquiétude à calmer, & un coup à écarter. Un Oracle aussi ancien que le monde, (Oracle terrible ! je m'en souviendrai toujours) fulmina un arrêt contre moi; Dieu qui le fit prononcer par son Verbe, en même-tems qu'il dicta le jugement de mort contre l'homme, & sa postérité coupable, me menaça, quoiqu'indirectement, & sous

---

lettres de l'Alphabet hébraïque ; on y voit beaucoup d'esprit, & de subtilité, mais bien de la vanité & de la superstition.

l'emblême du *Serpent* , que pour prix de la féduction , & de la rufe que j'employai pour faire tomber l'homme innocent , une femme , ô comble d'ignominie ! Une femme me briferoit la tête , & que par-là notre ruine entiere feroit confommée. Cet Oracle ne fixant ni tems , ni époque , m'obligea à veiller continuellement fur ce fexe fragile , & à ne lui laiffer que le moins de vertus qu'il fe pourroit. Nos tentatives & nos efforts eurent dans le tems plus de fuccès, que nous n'euffions ofé nous en promettre. Ce qui , par mon inftigation , arriva à *Eve* , arriva , & arrivera héréditairement à fes filles ; les femmes tombérent les premieres , & leur chute entraîna celle des hommes trop aveugles & trop complaifans. Ce n'eft pas que je ne rencontraffe de tems en tems des hé-

roïnes en sagesse & en vertus qui
réveilloient mes allarmes ; mais
comme la plûpart d'entre elles
n'étoient pas dans l'état, & n'a-
voient point les caracteres que
l'Oracle exprimoit, mes craintes
se dissipoient aisément. Enfin les
yeux continuellement ouverts
sur toutes les filles des Tribus
de *Juda*, & de *Levi*, je ne reconnus parmi celles que le droit d'aînesse [1] consacroit au temple,

---

1 *Droit d'aînesse*. Les filles aînées,
ainsi que les aînés de la Tribu Royale
de David, & de la Tribu Sacerdotale
de Levi, étoient présentées & élevées
dans le Temple. Les unes sous les yeux
d'une veuve sage, discrette, & âgée,
qui en avoit la direction ; & les autres
auprès du Pontife qui les faisoit exercer
pour le Ministere Saint. La plus commune opinion des P P. & des Théolo-
giens, est que la Sainte Vierge se
voua au Temple avec les autres Vierges qui s'y présentoient, & qu'Anne

qu'une jeune Vierge nommée
Marie ; ſes vertus infiniment au-
deſſus de toutes les vertus qu'u-
ne mortelle peut pratiquer , me
frappèrent , elles étoient propres
à juſtifier mes inquiétudes , & à
autoriſer les fréquentes tentations dont je l'aſſaillis , pour la
faire tomber dans la moindre
imperfection ; mes efforts furent
vains , je l'avoue , & je crus avec
d'autant plus de fondement , que
c'étoit là cette femme mon ennemie née , & deſtinée à nous
porter le coup mortel , & à *m'é-
craſer la tête* , qu'en l'obſervant
de plus près , je ne reconnus point
en elle les traces du péché par
lequel j'infectai la ſource de la
vie dans le premier homme , &
qui devint pour tous ſes enfans

la Prophéteſſe en étoit pour lors la Supérieure & la Mere.

une tache originelle , dont nul n'a pû ſe ſauver. Ce phénomene m'inquiétoit ; mais apprenant par les Interprêtes des Prophéties, que le *Meſſie* devoit naître d'une *Vierge* [1] , & voyant *Marie* ſortir du Temple, & devenir l'épouſe d'un homme obſcur , mes inquiétudes ceſſérent , & l'eſpoir flatteur d'avoir éludé notre perte, me raſſura. O ſublimes intelligences , vous verrez bientôt combien je m'abuſai, & combien les lumieres des Démons mêmes, ſont bornées ! N'anticipons pas dans ce récit la douleur d'une preuve ſi humiliante.

Après tant d'heureux ſuccès, je me propoſois d'en recueillir le fruit ; & déja retiré dans ce tem-

---

[1] *D'une Vierge.* Ecce Virgo concipiet & pariet filium , & vocabitur nomen ejus *Emmanuel.* Iſaï. c. 1. 14.

ple fameux de la Lybie, où fous
le nom de *Jupiter Ammon* ¹ , je

---

2. *Jupiter Ammon.* Cham ou *Ammon*
étant communément appellé Dieu, *Je-
how*, *Jehov-Ammon* ; la ville de Thèbes
où il avoit fait fon plus long féjour,
& qu'on nommoit anciennement le féjour d'*Ammon* , fut par la fuite appellée , *la Ville de Dieu*, *Diofpolis.* L'Ammon confondu par un amour plein de
ftupidité avec Dieu , & avec *Ofiris* , ou
l'Aftre modérateur des faifons , devint
le célébre *Jow-Ammon* , ou le *Jupiter
Ammon* , & fut toujours en poffeffion
des premiers honneurs , après que les
autres fymboles eurent été convertis en
autant de perfonnages céleftes , & de
divinités puiffantes. *Hift. du Ciel tom.* 1.
Diodore de Sicile , & Quint-Curce
difent que *Jupiter Ammon* étoit porté
par vingt-quatre Prêtres dans une ef-
pèce de gondole d'or d'où pendoient
des coupes d'argent , qu'il étoit fuivi
d'un grand nombre de femmes & de
filles qui chantoient des hymnes en
Langue du Pays , & que ce Dieu , porté
par les Prêtres , les conduifoit en leur

m'enyvrois de l'encens & de l'o-
deur des victimes humaines ,
qu'un culte aveugle me prodi-
guoit : là énorgueilli de mes
nouvelles proſpérités, & content
d'avoir rangé le monde entier
ſous mes Loix , je goûtois les
douceurs d'un plein repos , per-
ſuadé que dans l'état déplorable
où j'avois réduit Iſraël, ſon Dieu
ne penſeroit jamais à exécuter
ſes promeſſes. J'étois au fort de
cette yvreſſe , lorſque les cris des
peuples ſupplians m'en retirèrent
malgré moi ; je les vis tomber
aux pieds de mes Autels , demandant l'explication de certains ſi-
gnes. Mais jugez de ma ſurpriſe
quand je vis mes Prêtres interdits & tremblans , demeurer
immobiles l'encenſoir à la main ;

---

marquant par quelque mouvement , où
il vouloit aller.

impatient de découvrir la cause d'une si étrange nouveauté, je quitte brusquement & l'Autel & le Temple, je fends les airs ; j'apperçois un phenomene d'autant plus extraordinaire que je ne puis en démêler l'origine, ni pénétrer la suite des évenemens qu'il annonçoit ; cela n'est pas étonnant, Princes vous le sçavez, c'est une erreur de croire que nous lisons dans l'avenir [1] ; sur cet article l'excessive crédulité des hommes a toujours fait notre sçavoir principal. A la vûe

---

1 *Dans l'avenir.* Les Démons ne connoissent les choses futures que comme un Astrologue connoît & prédit une éclypse, par la combinaison des antécedens & des conséquens. Dieu seul connoît les choses en elles-mêmes ; les Démons & les Hommes ne peuvent les connoître que par les causes. *S. Thomas, 1a. Quæst. 57.*

d'un tel prodige , je me rends
en Egypte , cet heureux berceau
de notre Empire ; je n'y vois que
des signes effrayans [1] ; *Anubis* [2],

---

[1] *Signes effrayans.* L'ancienne tradition des Grecs , est qu'à l'entrée du Sauveur dans l'Egypte , toutes les Idoles du Pays furent renversées en sa présence ; conformément à cette parole d'*Isaïe. Chap. 19. Ecce Dominus ascendet super nubem levem , & ingredietur Ægyptum , & commovebuntur simulacra à facie ejus.* S. Athan. de Incarn. Verb.

[3] *Anubis.* Nom que les Egyptiens donnerent à une Idole à tête de chien ; elle avoit au bras une marmite , des aîles aux pieds , dans sa main droite ou sous son bras une grande plume , & derriere elle une Tortue ou un Canard, animaux amphibies qui vivent sur la terre & au bord de l'eau. Ce n'étoit dans son principe qu'un symbole tiré de l'étoile de la Canicule , qui avertissoit l'Egypte du débordement du Nil ; & cette Idole représentée sous la tête du chien , faisoit pour les Egyptiens , ce qu'un chien fidé-

Ofiris [1], *Ifis* [2], *Apis* [3], *Serapis* [4],

---

le fait dans une famille, en l'avertiffant de l'approche, ou de l'arrivée du voleur. *Voyez la fçavante Hift. du Ciel. tom. 1.*

1 *Ofiris.* Ce n'étoit non plus au commencement qu'un fymbole. La fuperftitieufe Egypte en fit une Idole tenant un Sceptre entortillé d'un ferpent. Les Egyptiens prétendent que c'eft un de leurs Rois, fils de *Jupiter* enlevé au Ciel après fa mort, & placé dans le Soleil pour avoir le gouvernement de la terre ; car le mot d'*Ofiris* fignifie, *Dux & Princeps, Moderator luminum reliquorum, mens mundi & temperatio.* Plutarq. de Ifid. & Ofirid. & Macrob. in Somn. Scip. l. 1. cap. 20. Voyez l'Hift. du Ciel. tom. 2.

2 *Ifis.* Les Egyptiens non contens d'avoir déifié *Ofiris* fous l'Idole du Soleil, lui affocierent *Ifis* fous la figure de la Lune, qu'ils nommerent fa femme. C'étoient toujours des fymboles primitifs dont la fuperftition Egyptienne continua d'abufer, & de former fa Mythologie. *Voyez l'Hiftoire du Ciel. tom. 1.*

& tous ces Monstres divinisés

---

3 *Apis.* C'étoit un bœuf marqué d'u-
ne façon particuliere , qui ne devoit
vivre qu'un certain nombre d'années ,
auquel étant parvenu , les Egyptiens
qui l'avoient adoré , le noyoient , &
toute l'Egypte en portoit le deuil ,
pleurant & lamentant sa mort , jusqu'à
ce qu'on en eut trouvé un autre qui portât les mêmes marques ; après quoi il se
faisoit une réjouissance universelle ,
avec toutes sortes de jeux & de festins.
Bos Apis in septo quodam alitur & pro
Deo habetur , albus frontem , & quas-
dam parvas corporis partes cætera vero
niger , quibus signis judicant , qui sit ad
successionem idoneus , alio defuncto ante
id septum. Strab. Geogr. l. 17. M. *Mail-*
let dans sa description de l'Egypte lett. 7.
a crû que *Strabon* vouloit dire qu'après
la mort du Roi regnant , les Prêtres
connoissoient par la peau d'*Apis* quel
devoit être le Roi successeur , & avoient
trouvé par-là un moyen de se rendre
maîtres de la succession au trône ;
mais il s'agit visiblement dans cet endroit , non du successeur du Roi , mais
                                        par

par l'Egyptien , se présentent
la bouche ouverte , sans pouvoir

---

du successeur qu'on devoit donner au
bœuf *Apis* noyé en cérémonie , ou mort
naturellement. Le choix de ce nouveau
Dieu se décidoit par ses mouchetures.
Hist. du Ciel. tom. 1.

1 *Serapis.* N'étoit dans le fond qu'une
même chose avec *Apis* , à cette diffé-
rence près qu'*Apis* étoit vivant , & *Se-*
rapis seulement une Idole sous la forme
d'*Apis. Ruffin* rapporte qu'à l'Orient
du Temple de *Serapis* , le plus fameux
de l'Egypte , il y avoit une petite fenê-
tre , par où entroit à certain jour un
rayon du Soleil qui alloit donner sur
la bouche de *Serapis.* Dans le même
tems on apportoit un Simulacre du Soleil qui étoit de fer , & qui étant attiré
par l'aimant caché dans la voûte , s'é-
levoit vers *Serapis* , alors on disoit que
le Soleil saluoit ce Dieu ; mais quand
le Simulacre de fer retomboit , & que
le rayon se retiroit de dessus la bouche
de *Serapis* , le Soleil lui avoit assez
fait sa cour , & il alloit à ses affaires.
Font. Hist. des Oracles.

Tome II.   H

articuler une réponſe. Jupiter ſe
trouve entiérement pétrifié dans
Ammon. Je parcours la Grece ;
Dodone [1] & ſes *Chênes* obſervent
un morne ſilence. *A Delphes* [2]

---

1 *Dodone.* Forêt renommée dans la
Fable par les prétendus Oracles que ſes
Chênes rendoient par une certaine agitation de leurs branches, auxquelles on
avoit attaché des baſſins d'airain qui
ſe heurtant lorſqu'il faiſoit du vent,
rendoient un ſon que des femmes ha-
bitantes de cette Forêt interprêtoient à
ceux qui alloient conſulter cet Oracle.
S. Auguſtin dans ſon livre de la Cité de
Dieu, parle d'une fontaine qui étoit à
Dodone, proche du Temple de *Jupiter*
Dodonéen, à qui on l'avoit conſacrée.
Les flambeaux allumés y étant plongés,
s'éteignoient comme à l'ordinaire ; mais
ceux qu'on en approchoit fraîchement
éteints, ſe rallumoient ; on a obſervé
que l'Oracle de *Dodone* avoit manqué
vers le tems d'*Auguſte*, c'eſt-à-dire,
un peu avant la naiſſance du Sauveur du
monde.

2 *Delphes.* Ville de Béotie, célébre

par le Temple d'Apollon & de fes Oracles; *Diodore de Sicile* dit que la premiere découverte de ces Oracles eft due
à un Pafteur que *Plutarque* appelle *Core-
tas.* Ce Pafteur voyant que les Chévres
qu'il menoit paître, jettoient des cris
extraordinaires toutes les fois qu'elles
s'approchoient d'une certaine ouverture
de terre qui étoit en ce lieu-là, & voulant en voir la caufe, furpris par des ex-
halaifons qui fortoient de l'ouverture,
prononça des prophéties qu'on éprouva
véritables. Cela étant fçû dans le Pays,
quantité de perfonnes curieufes de l'a-
venir, coururent vers cet endroit, &
s'entre-donnetent des réponfes fur les
demandes qu'elles fe faifoient ; comme
l'ouverture de la foffe étoit dangereufe,
& que plufieurs que la fureur agitoit,
tomboient dedans, fans qu'on les revit
jamais ; on crût devoir accommoder le
lieu avec un trepied, afin d'empêcher
qu'on ne périt dans cette abîme. On
choifit d'abord des filles, en l'honneur
de *Diane* pour prononcer les Oracles
d'*Apollon* fon frere ; mais un certain

cles, & *Minerve* [1] a totalement

Echecrates de Theffalie, ayant enlevé
une de ces filles qui l'avoit charmé par
fa beauté, on n'en deftina plus à cet
office, qu'elles n'euffent au-deffus de
cinquante ans. Cet Oracle dans la fuite
fut le plus renommé parmi toutes les
Nations de la terre, après quoi il tom-
ba dans le mépris. On voyoit croître
ou décroître fon mérite felon le dégré
de la fuperftition du peuple, ou de l'in-
duftrie des Prêtres. *Cicéron l. 2. de Di-
vinat.* met les Oracles de *Delphes* au
rang des fourberies les plus groffieres
& les plus avilies par un long décri.
Enfin Apollon après avoir répondu en
vers pendant plufieurs fiécles, revint à
la profe pour fermer la bouche aux rail-
leurs, qui difoient que le plus mauvais Poëte, c'étoit le Dieu de la Poëfie.
Font. Hift. des Oracles.

1 *Minerve.* Déeffe des Athéniens,
nommée *Athené* par Homere, à caufe
que ce nom d'*Athené* fignifie, *fin lin.*
L'Ecriture Sainte donne auffi le nom
d'*Athen* au fin lin qui fe fabrique en
Egypte; c'eft pourquoi les Athéniens

perdu la parole dans *Athénes*.

Je me flattois toutefois de trouver un afyle fur les bords du Tybre : j'y vole : j'entre dans Rome ; cette Rome, qui par excès de politique [1], avoit adopté tous

---

qui étoient originaires d'Egypte repréfentoient *Pallas* ou *Minerve* (car c'eſt la même fous un nom différent) portant à la main droite l'enfuble, ou la longue piece de bois, autour de laquelle les Tiſſerans roulent les fils de la chaîne ou la liſſe de leur toile. *Manor*. ou *Manævor*, ou *Minerva* ; *Manævor* Origin. Lixiſtorium texentium. *1. Reg. c. 17. 8. 18.* Voyez l'Hiſt. du Ciel. tom. 1.

[1] *Politique.* La politique des Romains, la plus fine qui fut au monde, leur perfuadoit en fubjuguant les peuples divers & les Nations, de fubjuguer auſſi leurs Dieux, de les porter en triomphe à Rome, de les aſſocier aux autres Dieux conquis, & de leur rendre un culte dans des Temples, pour contenir fous leur obéïſſance ces

nos cultes divers ; Rome ſe trouvoit alors le centre de toute Idolâtrie ; mais loin de répondre à
mon attente, cette Capitale du
monde n'offre à mes regards que
des préjugés peu favorables. C'eſt
en vain qu'au Capitole le Souverain Pontife ſuivi des *Aruſpices* [1]
& des *Augures* [2], conſulte les

Nations vaincues, par la Religion de
leurs Dieux devenus Romains.

1 *Aruſpices.* Sacrificateurs Romains
qui prédiſoient l'avenir en examinant
la qualité des entrailles des victimes
immolées. On avoit réduit en art l'*A-
ruſpicine,* ou cette maniere de deviner ;
& *Jules-Ceſar,* au rapport de *Macrobe,*
en fit lui-même plus de ſeize livres.
Annibal reprochoit au Roi Pruſias, qu'il
conſultoit plûtôt les entrailles d'un
Veau pour donner une bataille, que
les plus expérimentés Capitaines.

2 *Augures.* Devination qu'on fait
par l'obſervation du *vol,* du *chant,* &
de l'*appétit* des oiſeaux avec certaines

deftins du monde dans le chant
& le vol des oifeaux, dans les
entrailles palpitantes & dans le
fang des taureaux & des boucs;
une victime à demi frappée s'é-
chappe des mains du Sacrificateur, & répand l'allarme parmi
les peuples, qui d'un pas crain-
tif & précipité, courent fe réfugier dans le Temple de *Vefta*. Je
les y fuis : mais quel eft mon
étonnement ! quand je vois le
feu facré s'éteindre de lui-même,
malgré le foin des Vierges qui

---

cérémonies. L'obfervation des *Augu-*
res eft fort ancienne. La coupe qui fut
mife dans le fac de Benjamin en Egypte, étoit celle dont Jofeph fe fervoit
pour les *Augures*. Rien de plus indigne
de la gravité des Romains que leurs augures; les délibérations du Senat & des
Généraux, étoient dépendantes de l'*ap-*
pétit, ou du *dégoût* d'un poulet. *S.*
Evremont.

H iiij

l'entretiennent; puiſſances infernales, le croirez-vous ? moi-même avec un ſoufle violent, j'ai
beau le rallumer ce feu ; au lieu
d'une lumiere pure & brillante,
un tourbillon de flamme s'éleve
ſubitement du foyer ſacré, &
vient frapper la Prêtreſſe, qui
tombe ſans vie aux pieds de
l'Autel ; à l'inſtant cette flamme
dévorante s'étendant ſur Veſta,
noircit & défigure la ſtatue de
la Déeſſe. Son *Palladium* [1] ſuë du

---

1 *Palladium.* Le *Palladium*, cette
fameuſe ſtatue de Minerve, qui d'abord
ſervit de ſauve-garde à la ville de Troye,
& enſuite à l'Empire Romain, étoit
une compoſition des Os de *Pelops.* On
ſera peut - être étonné, *dit S. Clément Alexandrin*, d'apprendre que le
Palladium qu'on appelloit autrefois
Diopétes, comme s'il fut deſcendu du
Ciel, fut compoſé des os de *Pelops.*
*Voyez la ſçavante Diſſertation du P. Ca-
trou ſur le ſecond Livre de l'Ænéide.*

fang [1]. Sa lance eft brifée, fon
Egide fe fend en éclats, fon caf-
que s'ouvre & laiffe voir la matiere [2] qui compofoit cette figure

---

1 *Suë du fang.* Le prodige de la fueur
& des larmes des ftatues dans les Temples, eft encore attefté par deux Poëtes
contemporains de *Virgile*; *Ovide* l'affure en ces termes *Mille locis lacrima-*
vit ebur. .... Et *Tibulle* par cès vers,
Et fimulacra Deum lacrimas fudiffe te-
pentes.

2 Matiere. *Theodoret*, dit *Theophile*
Evêque d'Alexandrie, fit voir à ceux de
cette ville les ftatues creufes où les Prêtres entroient par des chemins cachés,
pour y rendre des oracles. *Eufebe dans la*
vie de Conftantin, rapporte que lorfque
par l'ordre de cet Empereur, on abbatit
le Temple d'*Efculape* à *Egeï* en Cilicie,
on en chaffa *non pas un Dieu ni un Dé-*
mon, mais le fourbe qui avoit fi long-
tems impofé à la crédulité des peuples. Le
même *Eufebe* ajoute en général, que
dans les fimulacres des Dieux abbattus,
on ne trouvoit rien moins que des

H v

taliſmanique. A ce nouveau prodige une horreur muette ſaiſit les
eſprits. Tous redoublent leurs
vœux & leurs prieres ; on fait
fumer l'encens , on égorge des
Hecatombes[1] ; mais en vain les
noires vapeurs qui montent des
Autels , forment ſur le *Pantheon*[2]

Dieux , ou des Démons , non pas même
quelques malheureux ſpectres obſcurs
& ténébreux, mais ſeulement du foin, de
la paille , ou des ordures , ou des os de
morts. *Euſeb. Prœpar. Evang.*

1 *Hecatombes.* Sacrifice de cent bêtes
de même eſpece , fait en même tems à
cent Autels , par cent Sacrificateurs,
comme de cent *Bœufs*, cent *Brebis* , cent
Cochons , &c. *Jules Capitolin* dit que
pour une Hecatombe on dreſſoit cent
autels de gazon ſur leſquels on immoloit
cent Brebis & cent Pourceaux , & que
quand les Empereurs en offroient , ils
ſacrifioient cent lions , cent aigles , &
cent autres animaux de cette nature.

2 *Pantheon.* Mot Grec qui ſignifie
Temple de tous les Dieux; ce fut *Agrippa*,

une nuit obscure qui ne laisse rien discerner ; une pluye de sang acheve de consterner les esprits les moins superstitieux ; la foudre tombe sur le Temple de la *Victoire*, & met en poudre le pied d'estal sur lequel *Jupiter Capitolin* [1] étoit posé. Elle renverse en-

---

gendre d'Auguste, qui fit construire le *Pantheon* à Rome. Ce Temple étoit large, élevé, & de forme ronde ; il n'avoit qu'une porte, & une ouverture en haut par laquelle il recevoit le jour. Le Pape *Boniface IV*. a consacré le Panthéon à la bienheureuse Vierge, & à tous les Saints & Saintes du Paradis.

1 *Jupiter Capitolin*. C'étoit dans le Temple de *Jupiter Capitolin*, autrement dit *Capitole*, où l'on faisoit les vœux & les sermens solemnels, où les citoyens ratifioient les actes des Empereurs, où ils leur prêtoient serment de fidélité, & où enfin les Magistrats, & ceux qui obtenoient les honneurs du triomphe, venoient rendre graces aux

core la Statue de *Minerve Conſer-*
vatrice ; auſſitôt un bruit ſoûter-
rain annonce le tremblement qui
ne tarde pas à ſe faire ſentir par
des ſecouſſes violentes : les fondemens de la ville s'ébranlent ;
& les Temples à demi renverſés ,
n'offrent aux yeux des peuples
éperdus, que des Dieux mutilés ,
& des Images à demi briſées.
Cumes [1] , antre redoutable que

Dieux pour les victoires qu'ils avoient
remportées , & faire leurs prieres pour
la proſpérité de l'Empire.

2 *Cumes. Saint Juſtin Martyr* , dit
qu'étant à Cumes, il y vit cette Grotte
qui paroiſſoit comme une grande Baſi-
lique creuſée dans une roche vive , &
que les gens du pays lui dirent qu'ils
ſçavoient par tradition , que c'étoit là
que *la Sibille Italienne* rendoit ſes ré-
ponſes ; il ajoute qu'au milieu de la
Grotte, on lui fit voir trois bains taillés
dans la pierre , où ſe lavoit la Sibille,
après quoi elle ſe mettoit une tunique

la chaste & véridique *Sibille* [1] fai-

---

de fin lin, entroit dans le lieu le plus secret de la Grotte, où il y avoit un petit
Temple ; que là elle s'asseyoit sur un siége élevé, d'où elle annonçoit les choses
futures. Le même *Saint Justin* assure
qu'il y avoit un petit tombeau de bron-
ze, mis dans un lieu élevé, où l'on conservoit les cendres de cette Sibille.

[1] *Sibille.* Cette Vierge prophétisa
plusieurs choses de la naissance de J. C.
en sorte que *Julien l'Apostat* voyant que
ses écrits faisoient contre lui, les fit
brûler. Indépendamment de la *Sibille* de
Cumes, il y a eu une autre Sibille qu'on
nomme *Erythrée*. Elle vivoit du tems
que les Grecs assiégeoient Troye, & elle
leur prédit qu'ils la détruiroient. *Lactance Firmien*, qui allegue *Fenestella* pour
garant de ce qu'il rapporte, dit que le
Sénat de Rome envoya des Députés à
Erythrée, ville d'Ionie dans l'Asie mineure, pour recueillir les vers de cette
Sibille, & qu'ils en rapporterent plusieurs qui condamnoient la multiplicité
des Dieux, & faisoient connoître qu'il
n'y avoit qu'un créateur du Ciel & de

soit retentir de ses Oracles poëti-
ques, vous futes sourd à ma voix,
vos échos flexibles & sonores,
consacrés par la fidéle prophétie,
refusérent constamment de répé-
ter les accens imposteurs de l'illusion & du mensonge.

A la vûe de tant d'augures [1]

---

la terre. *Eusebe de Césarée* rapporte vingt-
sept vers de cette même Sibille, qui
marquoient deux avenemens du fils de
Dieu, l'un pour s'unir à notre nature,
& l'autre pour juger le monde. Les
prédictions des Sibilles avoient tellement pris crédit parmi les peuples même les plus barbares, particulierement
parmi les Gaulois, que l'on voit encore
à Chartres dans l'Eglise Cathédrale,
l'antre où les Druides faisoient leurs sacrifices, *Virgini parituræ*, à une Vierge
qui doit enfanter.

[1] Augures sinistres. *Virgile* dit qu'a-
près la mort de César, les Aruspices
ne trouverent que de mauvais pronos-
tics dans les entrailles des victimes &

finiftres, je laiffe Rome dans la confternation. Je m'élance de nouveau dans les airs pour examiner la pofition de l'aftre que je foupçonnois être l'auteur de tous ces défordres. Son afpect [1]

---

dans leurs fibres. *Ovide* dit auffi qu'avant la mort de Jules Céfar , on vit quelques gouttes de fang mêlées avec la pluye. *Sæpe inter nimbos guttæ cecidere cruentæ.* Les hurlemens des loups dans les carrefours des villes murées , font un autre prodige qu'*Appien* rapporte à la mort de Céfar ; mais on doit plûtôt l'attribuer à la naiffance de Jefus-Chrift qui venoit renverfer l'idolâtrie.

1 *Son afpect.* Après la mort de Jules Céfar , il parut au Ciel des fignes de toutes les fortes , felon le rapport des Hiftoriens & des Poëtes. Un météore brillant traverfa , *dit Bion*, depuis l'Orient jufqu'à l'Occident. Une étoile qu'on n'avoit point encore apperçu au Ciel, s'y montra , on vit trois cercles lumineux fe former autour du Soleil. *Plutarque*

me parût à l'Orient de la Judée;
je defcends fur Jérufalem ; j'arrive au moment que toute la cour
d'Herodes étoit dans l'agitation ;
par l'arrivée imprévûe de trois
puiffans Monarques qui deman-
doient à être conduits au berceau
du nouveau Roi des Juifs [1] ; nous

---

fait mention d'une Cométe qui après la
mort de Jules Céfar, dit-il, brilla au
Ciel pendant fept jours.

1 *Du nouveau Roi des Juifs.* Où eft,
difent-ils, le Roi des Juifs qui eft né ?
Les enfans d'*Hérode* Roi de Judée,
étoient nés depuis quelque tems. *Archélaüs* naît dans un Palais, & le *Chrift*
dans une étable. *Archélaüs* au moment
qu'il vient au monde eft placé dans un
lit d'argent, & le *Chrift* au moment de
fa naiffance eft mis fort à l'étroit dans
une miférable étable : & cependant celui qui eft né dans un palais eft méprifé,
& celui qui eft né dans une étable eft re-
cherché ; les Mages ne nomment pas
même *Archélaüs* ; mais ils adorent à

avons vû[1], difoient ces Mages ,
fon figne éclatter en Orient par
une étoile brillante[2] , & nous

---

genoux le *Chrift* qu'ils ont trouvé. Qui
eft donc ce Roi des Juifs ? Un Roi
tout à la fois pauvre & riche , humble
& élevé , porté comme un enfant , &
adoré comme un Dieu , petit dans une
crêche , immenfe dans les Cieux , ab-
ject fous des langes , & glorieux au-deffus des Aftres. *S. Fulgence Serm. 5.
de Epiph.*

  1 *Nous avons vû.* Nous avons vû fon
étoile dans l'Orient. A la confufion des
Juifs , & afin qu'ils appriffent la naiffance du *Chrift* par les Gentils , une étoile
fe leve en Orient , la même qui devoit
paroître felon la Prophétie de *Balaam*
dont ils étoient les fucceffeurs , & qu'ils
ne pouvoient ignorer. *Lifez le Livre des
Nombres.* Les Mages font conduits en
Judée par la lumiere d'une étoile , afin
que les Prêtres interrogés par ces Mages fur le lieu de la naiffance du *Chrift* ,
fuffent inexcufables fur fon avénement.
Hieron. Libr. 1. Comment. in c. 2. Math.
  1 *Une Etoile. Calcidius* , Philofophe

ne venons de ſi loin, que pour
adorer ce Roi des Juifs, & lui
offrir nos préſens. Etonné d'un
diſcours ſi inattendu, Hérodes
ne ſçait que répondre ; auſſitôt
par ſes ordres on aſſemble les
Docteurs de la Loi, les uns com-
mentent les Prophéties ; les autres conſultent les Livres ſacrés ;
tous conviennent que ce nouveau
Roi ne peut être que le *Meſſie*
promis depuis tant de ſiécles, &
que Béthléem ville de Juda, eſt
le lieu où ce *Libérateur d'Iſraël*

Platonicien, parle d'une étoile qui annonça, dit-il, non des malheurs, mais
la naiſſance d'un Dieu ; il y a toute apparence que c'étoit l'étoile des Mages,
parce que Jules Ceſar mourut quelque
tems avant la naiſſance de J. C. On ne
ſait pas préciſément ſi cette étoile n'ap-
parut aux Mages qu'au moment de la
naiſſance du Sauveur, ou ſi elle leur étoit
apparue environ deux ans auparavant.

doit prendre naiſſance.

Alors , me rappellant l'Oracle antique , je compris le danger commun qui nous menaçoit , & que l'inſtant fatal en pouvoit être arrivé : Herodes diſſimulant adroitement ſes allarmes , & feignant de vouloir être auſſi un des adorateurs du Chriſt , vît partir les Mages pour Béthléem , dans l'eſpérance inquiéte de les voir revenir , & d'apprendre par eux le lieu où étoit cet enfant ; & moi craignant de manquer mon coup, & réſolu de tout hazarder pour éluder l'époque de nos malheurs , je me rends au trône de ce Monarque , j'y trouve quatre monſtres , digne préſent que l'enfer en courroux puiſſe jamais faire à un Souverain tel que celui de la Judée. L'*Envie* au teint pâle, la *Méfiance* au double regard , la *Diſſimulation* au triple front , &

la *Cruauté* aux mains fanguinai-
res, étoient les fuppôts invifi-
bles de ce trône cimenté de fang,
Ils dormoient, ces monftres, dans
l'enceinte, & fur les degrés du
trône, quand d'une voix impé-
rieufe, je leur criai : « Filles d'En-
» fer, éveillez-vous, eft-ce donc
» pour languir dans une molle
» oifiveté, que Satan votre pere
» vous a placé auprès d'Herodes?
» depuis quand avez vous fait
» une treve deshonorante avec
» l'humanité? ranimez vos feux
» & vos flambeaux; déchirez
» tour à tour ce Roi dont vous
» êtes la garde fidéle : ce n'eft
» qu'à ce prix qu'il tient le Scep-
» tre de Juda. Obéiffez; c'eft Sa-
» tan, c'eft votre pere qui vous
» l'ordonne. « Je fus obéi, & fans
délai ces fieres *Euménides*, irri-
tant les ferpens de leur horrible
coëffure, fouflèrent leur venin

dans le sein du soupçonneux Herodes, déja trop disposé à recevoir de cruelles impressions.

Cependant l'aurore avoit trois
fois ouvert les portes au Soleil,
& le Soleil trois fois sorti de l'O-
céan, étoit sur le point d'y ren-
trer, sans que Herodes eût reçu
aucune nouvelle des Rois Mages.
Déja un bruit sourd sur la naissance mysterieuse du *Messie*
transpiroit parmi le peuple ;
déja les Anciens d'Israël s'as-
sembloient secrettement pour
consulter entre eux ; tout Jérusalem étoit dans l'attente de son
Libérateur, quand je formai le
hardi projet de délivrer Herodes
de son rival, & l'Enfer de son
plus redoutable adversaire. Ce
Prince étoit à peine livré aux
douceurs d'un tranquille sommeil, que m'approchant de sa couche, suivi de mes Furies invisi-

bles , je fis parler la *Méfiance* &
la *Cruauté* en ces termes.

Tu dors , Herodes , tu dors ,
tandis que les Rois de l'Orient
font prosternés aux pieds d'un
enfant qui doit te détrôner ; tu
dors , & cependant tout veille
& tout conspire contre toi ; c'est
au milieu de tes Etats que ce prétendu Roi a pris naissance , &
qu'il reçoit l'hommage de tout
l'univers dans la personne de ses
Souverains. Es-tu las de regner ?
Et n'es-tu plus Hérodes , ce même Herodes qui vient de sacrifier presque toute sa famille à la
sureté de son diadême ? Souffri-
ras-tu qu'un inconnu t'enleve en
un jour le fruit de tant d'intrigues ? c'est en vain que tu fondes
l'espoir de ta vengeance sur le
retour des Mages ? En ce moment ils prennent une autre[1]

---

[1] *Ils prennent une autre route.* Alia

route pour retourner dans leurs
Etats, déja la Synagogue assemblée délibére de reconnoître cet
enfant pour le *Messie*. Les peuples courent en foule à Bèthe-
léem pour voir ce nouveau Roi ;
plusieurs le reconnoissent pour
fils de *David* ; tous conspi-
rent contre tes jours ; hâtes-toi
de prendre une résolution digne
du nom que tu portes, & du trône que tu occupe ; il en est tems
encore ; cet ennemi naissant, est
sans défense ; ne lui donnes pas
le tems de se faire un parti ; n'hé-
sites point à tremper tes mains

---

venerunt via Magi , alia redeunt : qui
enim Christum viderant , Christum in-
tellexerant. Meliores utique quam ve-
nerant revertuntur. Duæ quippe sunt
viæ : una quæ ducit ad interitum ; alia
quæ ducit ad Regnum. Illa peccatorum
est , quæ ducit ad Herodem ; hæc Chris-
tus est , quâ reditur ad Patriam. *Hom.*
S. Ambr. lib. 2. in Luc. c. 2.

dans ſon ſang ; que la foibleſſe
de ſon âge, ne te le faſſe pas mé-
priſer ; un jour viendroit que pour
te punir de ta fauſſe indulgence,
il te précipiteroit du trône, où
la faveur des Céſars t'a élevé.

A ces mots que mon ſoufle infernal rend plus efficaces, piqué
par mes Furies, le colere Herodes ſort de ſa couche plus furieux
qu'un tygre altéré de ſang ; il
veut parler, mais la rage qui le
ſuffoque, ne laiſſe échapper de
ſa bouche entr'ouverte, que des
ſons inarticulés ſur ſes lévres
tremblantes, qui ne dénotent que
trop les mouvemens violens de
ſon ame agitée. Tel dans un
creux vallon, un torrent capti-
vé par de fortes digues, mugit
ſourdement, & cherche en vain
à ſuivre ſon cours impétueux,
juſqu'au moment que groſſi par
de nouvelles eaux, il déborde à
grand

grand bruit , forçant ses digues
& ses prisons, qu'il entraîne dans
sa fuite. Tel Herodes impatient
d'exécuter les noirs projets qu'il
médite , s'agite & se tourmente ,
quand enfin la colere lui laissant
un intervalle , il s'exprime en
ces termes.

» Quoi, j'aurai sacrifié à mon
» ambition toute la race Royale
» des *Asmonéens* [1], je n'aurai pas
» même épargné mon propre

---

1 *Asmonéens*. Cette famille qui commença à *Simon* pere de *Mathatias*, dura 126. ans. Le dernier qui porta la
Couronne fut *Antigonus* , auquel An-
toine fit trancher la tête à l'instigation
d'Hérode , entre les mains duquel le
Sceptre des Juifs passa par cette mort ,
quoiqu'il fût étranger. Le dernier de la
même famille qui exerça la grande sa-
crificature , fut *Aristobule* frere de Mariamne , qu'Hérode fit noyer dans un
bain à *Jéricho* , n'étant encore âgé que
de dix-sept ans.

Tome II.   I

,, ſang , mes enfans [1] , avec leur
,, mere , & un inconnu ſur de
,, fauſſes prédictions, fondement
,, ordinaire de l'impoſture , en-
,, treprendra de m'enlever une
,, couronne que je ne tiens que
,, de ma bonne fortune , & de
,, l'amitié des Romains ! Non ,
,, j'en jure par Céſar mon géné-
,, reux bienfaiteur, il périra l'au-
,, dacieux qui s'arroge le titre de
,, Roi des Juifs : périſſent avec
,, lui , tous les enfans de la Tri-

---

1 *Mes enfans.* Auguſte , au rapport de
Macrobe , ayant appris qu'Hérode avoit
fait mourir tous les enfans au-deſſous
de deux ans, & n'avoit pas même épargné les ſiens, dit , *qu'il aimeroit mieux
être le porc d'Hérode que ſon fils* , parce
que *Hérode* qui ne mangeoit point de
porc à cauſe qu'il étoit Juif , fit mettre à
mort ſon fils *Antipater* , preſqu'en même tems qu'il fit maſſacrer les enfans
de Béthléem. *Macrob. l. 2. Saturnales
c. 4.*

» bu de Juda ; périffe Béthléem ,
» lieu de fa naiffance ; trop de
» fang ne peut laver un tel atten-
» tat. « Il dit, & à la tête de fes
cohortes, le colere Herodes part,
& marche en perfonne à cette expédition fanguinaire.

Le fuccès d'une pareille entre-
prife dépendoit du fecret ; il fut
inviolablement gardé ; & le Soleil qui prévît les actes fanglans
de cette cruelle tragédie ,
précipita fa courfe pour n'en
point éclairer les horreurs. A l'arrivée de fon perfide Monarque,
Béthléem fe livre à la joye : les
femmes de cette Ville profcrite,
parées pompeufement, vont à fa
rencontre , étalant à l'envi les
fruits d'une heureufe fécondité :
hélas, meres indifcrettes ! vous
ne fçaviez pas qu'Herodes & fa
fuite, étoient autant de loups
raviffans qui ne cherchoient l'en-

I ij

trée de votre bercail , que pour
dévorer vos tendres agneaux ! La
pitié eût émû mes entrailles , ſi
la pitié pouvoit entrer dans un
cœur ennemi implacable de
Dieu , & de ſes ouvrages. Herodes en arrivant s'aſſure des dehors de la Ville ; il diſtribue enſuite ſes troupes aſſaſſines dans
tous les quartiers ; la nuit eſt le
ſignal qu'il donne pour le maſſacre , & la nuit ne tarda pas. Alors
les attentats , les enlevemens &
le carnage commencent ; mais
autant pour diſcerner les objets ,
que pour ôter tout eſpoir de retraite & de fuite , pour que rien
n'échappe à leur fureur , les farouches cohortes , par mes inſ-
pirations , mettent le feu en pluſieurs endroits de la Ville. Déja
les vents irritent l'incendie ; les
tourbillons de fumée & de flammes qui s'élevent dans les nues ,

se communiquent de quartier en quartier, & rendent l'embrâsement général. Déja la Lune retire sa paisible lumiere pour faire place à ce lugubre & nouveau jour. Car dans le court intervale d'une nuit, Béthléem devoré par les flammes, vît dans l'enceinte de ses murs, le plus horrible spectacle du monde, & le plus digne de l'enfer. Mais rien de plus frappant que de voir de toutes parts l'acier meurtrier briller de mille feux à la lueur de cette Ville brûlante, & bientôt perdre son éclat dans des ruisseaux de sang qu'il fait couler; rien de plus flatteur pour l'Empire ténébreux, que de voir la soldatesque d'Herodes s'exciter à grands cris au carnage, & massacrer inhumainement tout ce qui se présente à ses coups. Ici c'est une mere qui presse tendre-

ment ſon fils ſur ſon ſein à demi
découvert, elle tâche en vain de
le cacher aux yeux des Satellites, l'enfant ſe décele par ſes
cris [1], & le même fer qui perce
le fils, perce la mere, & confond le ſang avec le lait qui y
perd ſa blancheur. Là eſt un bel
enfant qu'un ſoldat enleve à toute une famille allarmée, & qu'il
poignarde ſans pitié à la vûe de
celle qui lui donna le jour. Telle
qu'une lionne à qui l'on a ravi
ſes petits, & qui ébranle les forêts de ſes rugiſſemens ; telle
cette mere furieuſe, remplit l'air
de ſes cris perçans & devient le

---

1 *Par ſes cris.* Mater crines capitis
diſſipabat quæ ornamentum capitis
amittebat. Quantis modis infantem volebat abſcondere, & ipſe ſe infantulus
publicabat ; neſciebat tacere, quia nec-
dum didicerat formidare. *S. Aug. Serm.*
1. De innocentibus.

signal qui fait songer à la sûreté publique. Par-tout on voit des femmes effarées & tremblantes, porter des pas incertains, sans sçavoir, ni ce qu'elles cherchent, ni ce qu'elles fuyent, & livrer elles-mêmes, sans le vouloir, leurs enfans entre les mains des assassins. Par-tout on voit des meres qui au milieu des glaives & des feux, bravent les horreurs de la mort par de vagues hurlemens de fureur. Il en est, qui suppliantes aux pieds des soldats, leur disent, braves guerriers, ne vous laissez point aveugler par la fureur : vous cherchez un enfant[1], & vous en massacrez mille ; vos coups ne peuvent pas atteindre

---

1 *Vous cherchez un enfant.* Alia dicebat, *quid quæritis ; unum quæritis, & multos occiditis, & ad unum qui unus est attingere non potestis.* Ibid.

celui qui en eft l'objet ; fufpen-
dez-les ; elles effayent , mais en
vain , d'émouvoir leur com-
paffion pour de jeunes innocents,
qui au défaut de la voix font parler les regards , & tendent des
bras careffants aux bourreaux
qui les égorgent. Plufieurs aux
prifes avec eux , luttent d'une
main [1] pour difputer leurs enfans,
qu'elles retiennent de l'autre.
Quelques-unes armées de tifons
enflammés , tâchent d'écarter les
Satellites féroces , & défendent,
avec des efforts incroyables ,
leurs fils encore vivants ; d'autres
défefpérées les appellent, quoique
morts , & les voyant égorgés,
étendus par terre, fe précipitent
fur eux , & expirent dans ces trif-

---

1 *Luttent d'une main.* Pugnabat mater & carnifex , ille trahebat , illa tene-
bat. *Ibid.*

tes embraſſemens. On en dif-
tingue une , qui les cheveux
épars, la gorge & les mains tein-
tes du ſang de ſon fils , en pourſuit vivement le meurtrier ; arrête, barbare , arrête, il manque
une victime à ta rage, tu as maſ-
ſacré mon fils, perce ce ſein [1], qui
le portât,& pour nous rejoindre [2],

---

1 *Perce ce ſein*. Alia mater clamabat :
quid ſeparas à me, quem genui ex me ?
Uterus genuit , non manſit ille , cùm
vixit , ubera mea fruſtrà lacte contor-
quens. Caute portavi ; quem à te video
manu crudeli jactari. Modo eum effu-
derunt viſcera mea , & tu elidis ad
terram. *S. Aug. Serm. 1. de Innocentibus.*

2 *Pour nous réjoindre.* Alia acclama-
bat mater , cum exactor latro non com-
pelleret ſimul occidi cùm parvulo matrem : *Ut quid me dimittis inanem ?
Si culpa eſt , mea eſt : ſi non eſt crimen ,
junge mortem , & libera matrem.* Ibid.

couvre mes yeux de la même nuit
qui ferme les ſiens : elle crie,
mais ſourd à ſes cris, l'aſſaſſin
pourſuit d'autres victimes ; devant lui des femmes effrayées,
fuyent & paſſent à travers des
feux pour dérober leurs enfans
qu'elles portent dans leurs bras ;
la peur les fait regarder derriere elles, & le fer qui brille ſur
leurs pas, les précipite ; une partie court ſe réfugier aux portes
de la Synagogue, mais cet aſyle
ne peut les ſauver ; on y égorge
les enfans dans les bras de leurs
meres ſur les degrés, & pluſieurs
meurent en embraſſant les colonnes du portique, & les portes
qu'elles baiſent en rendant les
derniers ſoupirs. Non, loin du
Palais du Roi, étoit une de ces
meres qui s'étoit courageuſement
retranchée au plus haut de ſa

maison à demi embrâsée, elle en faisoit pleuvoir les feux & les cailloux, pour en défendre l'entrée : mais en vain, sa retraite est forcée, & sa brave résistance lui coûte la vie, & celle de ses enfans.

Cependant animé de courroux & de rage, l'implacable Herodes fait par lui-même une recherche exacte des enfans échappés au glaive de ses cohortes ; il étouffe de ses propres mains ceux dont l'ame errante sur les lévres, dénote encore un reste de vie. Tel le bras nerveux du Vigneron, pressant les tendres grappes du raisin, en fait ruisseler des flots liquides & rouges. Ce Prince soupçonneux craint qu'on n'en épargne quelqu'un, il crie d'une voix enrouée : « Soldats, massa- » crez, égorgez, saccagez, soyez » sourds à la pitié. « Les ordres réitérés de ce violent Monarque, soutenus par sa présence, redoublent le massacre ; toute la Ville est dans le trouble. Tout Bethléem court aux armes ; le désespoir arme les peres, qui se mettent en devoir de repousser la violence par la violence ; chacun s'efforce de défendre la plus chere partie de soi-même ; il en coûte du sang aux légions d'Hérode ; mais la vigoureuse résistance des habitans de cette ville infortunée, ne sert qu'à augmenter le carnage ; accablés par le nombre & la supériorité des cohortes indomptées, les uns périssent par les flammes ; les autres expirent par le fer ; la confusion & la terreur se montrent par tout : partout on entend confusément des voix féminines [1], & des cris en-

---

1 *Des voix féminines.* Miscebatur

fantins ; des plaintes ameres ,
& de longs gémiſſemens : par
tout regnent le déſeſpoir &
la mort ; rien n'échappe à la
cruauté du ſoldat ; tout paſſe
par le tranchant de l'épée ; tout
nâge dans le ſang ; les ruines des
bâtimens embraſés s'éteignent
en y tombant ; tout eſt marqué
de ſang ; le ſeuil de toutes les
portes en eſt rougi ; tel autrefois pour un ſujet bien différent , l'Hébreu captif de Pharaon , ſe vit marqué en ſigne de
miſéricorde , pour être épargné
par le glaive de l'Ange extermi-
nateur , qui frappa les premiers-
nés de l'Egypte. Telle la terre de
Juda gémit ſous un monceau de
morts , & Béthléem s'abbreu-

lamentatio matrum , & ad Cœlum tran-
ſibat oblatio parvulorum. *S. Aug. Serm.*
1. de Innoc.

ve à regret du ſang de ſes enfans.

Dans un quartier des plus re-
culés de la Ville, étoit la demeure
d'une belle Juive de la Tribu de
Juda, & veuve depuis peu d'un
Lévite, chef de la Synagogue, on la nommoit *Lia*. C'étoit
dans cette retraite éloignée de
tout commerce, que cette tendre
mere paſſoit les jours de ſa vidui-
té, & donnoit avec ſoin une
pieuſe éducation à deux jeunes
enfans, gages précieux de l'a-
mour conjugal. Au premier bruit
qui ſe répandit d'un maſſacre im-
prévu, cette femme généreuſe
frappée d'une juſte crainte, ſe ré-
ſout à ſortir de la Ville; les flammes qui gagnent les maiſons voi-
ſines, l'avertiſſent d'abandonner
la ſienne; elle en ſort, & de tous
ſes tréſors, elle n'emporte que
ſes deux enfans, & le Livre de la

Loi pour les instruire. En cet état
elle entreprend de fuïr, malgré
la délicatesse de son sexe ; elle s'é-
loigne d'un pas diligent, quoique pénible ; elle passe à travers
les flammes qui seroient un obs-
tacle pour tout autre ; tant est
puissant l'amour éguillonné par la
crainte. L'incendie semble res-
pecter sa tendresse, & le précieux
fardeau qui retarde sa fuite ; elle
cherche par de longs détours, à
se dérober aux poursuites des satellites : inquiette, elle revient
plusieurs fois au même endroit,
pour trouver ou se frayer une
voye par où elle puisse s'échapper ; mais toute issue lui étant fermée ; son désespoir silentieux la
conduit derriere les ruines d'une
maison encore brûlante, dans la
pensée qu'elles pourront lui servir
de rempart impénétrable à la fureur du soldat : en effet le feu

semble modérer sa violence autour de cette mere & de ses timides enfans ; mais bientôt, à la
lueur des flammes ondoyantes
qui embrâsent une maison peu
éloignée, le cruel Hérode, qui
l'apperçoit, ordonne qu'ils soient
massacrés. Les assassins appro-
chent, la flamme pétillante qui
remplit l'intervalle qui les sépare, arrête pour un instant le soldat féroce ; mais les voyant prêts
à le franchir, & se trouvant absolument sans espoir de salut,
cette mere désolée, ainsi qu'une
Bacchante, s'arrache les cheveux,
se frappe la poitrine à grands
coups, puis au fort de sa douleur,
elle s'écrie : » O toi, divin en-
» fant tant desiré, toi, par qui nos
» miseres devoient prendre fin,
» & dont la naissance nous pro-
» cure à tous la mort, est-ce là
» cette paix que nous attendions?

» cette paix si long-tems promise
» par les Prophètes, & proclamée
» par les Anges [1] au moment mê-
» me de ta naissance? Si tu es le
» *Juste* par excellence, pourquoi
» souffres-tu nos malheurs? N'es-
» tu pas le *Fort* d'Israël, & le
» bras qui doit rompre nos fers ?
» C'est par toi que nous devions
» revivre, c'est par toi que nous
» périssons, & c'est toi seul que
» l'on cherche ; sors, divin en-
» fant [2], sors de l'obscurité qui te
» cache ; leve-toi, & tes ennemis

---

1 *Par les Anges.* Et subito facta est
cùm Angelo multitudo militiæ cœlestis,
laudantium Deum, & dicentium. Gloria in altissimis Deo, & in terrâ pax
hominibus bonæ voluntatis. *Luc.* 2.

2 *Sors divin enfant.* Alia contra clamabat. *Veni jam, veni Salvator mundi;*
quamdiù quæreris ; videat te miles, &
nostros non occidat infantes. S. Aug.
serm. 1. de Innocentibus.

" ſeront diſſipés ? Que tarde-tu à
" paroître, viens arrêter tant de
" meurtres par ta mort, ou les
" venger par ta puiſſance ?..Et toi,
" barbare Hérode, homicide ty-
" ran que l'enfer en courroux, fit
" naître pour notre deſtruction,
" & le malheur du genre humain,
" monſtre qu'une tygreſſe a porté
" dans ſes flancs, perfide Idu-
" méen, monſtre plus exécrable
" que les léopards des déſerts de
" Barca, puiſſe le juſte Ciel t'é-
" craſer de ſa foudre, & te priver
" à jamais de la ſépulture ! Puiſ-
" ſent tes enfans s'élever contre
" toi avant ta mort, & te faire
" repentir de leur avoir donné le
" jour ! Puiſſe la colere céleſte,
" verſer dans tes os un feu lent qui
" les conſume ! Puiſſent tous les
" membres de ton corps tomber
" en pourriture, & nager dans
" les flots de ton ſang infecté !

,, Puisse ta mort ramener la joye
,, & devenir un jour de fête[1] dans
,, Israël en exécration de ton
,, nom ! ،،

Elle dit , & prenant ses enfans
dans ses bras, guidée par un noble désespoir , elle s'élance avec
eux au milieu des flammes. Ce
fut alors que le deüil devint général ; *Rama*[2] n'a plus qu'une

---

1 *Devenir un jour de fête.* Le 17. de
Casleu , ou mois de Novembre , les
Juifs célébrent avec joye la mort d'*Hérode le grand* , fils d'*Antipater* , parce
qu'il étoit ennemi des sages , qu'il ren-
versoit leur discipline , (il avoit cassé
& asservi le Sanhedrim) & les Rabbins
décident qu'il y a joye devant le Seigneur , lorsque les méchans sortent du
monde. Ils appliquent à cela divers pas-
sages de l'Ecriture , & l'exemple d'*A-
donias* que *Salomon* fit mourir. *3. livr.
des Rois chap. 11. 8. 25. Voyez Selden
& Basnage Hist. des Juifs.*

2 *Rama.* Plusieurs Interprêtes pré-

voix, c'eſt celle de la douleur;
Rachel [1] qui fond en larmes, ne

---

tendent que non-ſenlement dans *Béthléem*, mais encore dans *Rama* & autres endroits circonvoiſins, Hérode envoya des Satellites ponr y égorger des
enfans. *Menoch. in cap. 31. Jerom. 8.
15.*

1 *Rachel.* Les enfans de Bethléem
ſont appellés les *enfans de Rachel*, parce
que *Rachel*, femme de *Jacob*, fut la
mere de *Benjamin*, & que la Tribu de
Benjamin fut confondue avec celle de
Juda, lors du ſchiſme des dix Tribus;
c'eſt pourquoi Origene dit : *Multi infantes ex Tribu Benjamin occiſi ſun*t.
parce que Hérode avoit ordonné de
faire mourir non-ſeulement les enfans
de la Tribu de *Juda*, où étoit Bethléem, mais encore ceux de la Tribu de
Benjamin, où ſe trouvoit Jeruſalem ;
ce qui comprenoit alors tout le Royaume de Judée. *Rachel* fut enterrée ſur
le chemin qui conduit à *Ephrata* ou
Bethléem ; à l'endroit même où elle
étoit morte, *Jacob* fit élever ſur ſon
tombeau une colonne qu'on y voit en-

veut recevoir aucune confolation, parce qu'elle a perdu fes enfans; & Béthléem vuide d'habitans, n'eft plus qu'une vafte folitude. Ainfi finit cette fameufe [1] cataf-trophe, qui coûta la vie à quatorze mille enfans [2] de la Tribu de Juda & de Benjamin; cataftrophe qui vrai-femblablement devoit

---

core, & qui portoit le nom de *Tombeau de Rachel*, lorfque les Hébreux prirent poffeffion de la terre promife.

1 *Fameufe cataftrophe.* Jofephe ne parle point du maffacre des Innocens. Macrobe eft le feul de tous les Auteurs profanes, qui faffe mention du maffacre des enfans de Bethléem, & de la Tribu de Juda. *Macrob. l. 2. Saturn. c. 4.*

2 *Quatorze mille enfans.* Les Ethiopiens dans leur Liturgie, & les Grecs dans leur Calendrier, font monter le nombre des enfans tués à Bethléem, & dans la Banlieue, par ordre d'Hérode, à quatorze mille. *Calm. Hift. de la vie de J. C.*

délivrer Herode de ſon rival, &
l'Enfer de ſon ancien ennemi.

Cependant mes Oracles étoient
toujours dans le ſilence; nos Idoles ſans offrandes, nos Miniſtres
ſans exercice, & tous les Dieux
infernaux dans l'inaction; pour
prévenir les conſéquences funeſ-
tes qui euſſent pu réſulter de ce
triſte événement, j'ai eu beau
parcourir de nouveau tout l'U-
nivers, pour remettre notre culte
dans ſa premiere ſplendeur; mes
ſoins ont été ſuperflus, la ſeule
choſe où le ſuccès a répondu
à mon attente a été après la mort
du grand Hérode, qui arriva environ dans ce tems-là, de faire
diviſer le Royaume [1] de *Juda* en

---

1 *Diviſer le Royaume.* Hérode chan-
gea enſuite ſon teſtament, car au lieu
que par le précédent il avoit nommé
Antipas pour ſon ſucceſſeur au trône;

différentes *Tétrarchies*, dans la
vue de nourrir ces peuples re-
muans dans des révoltes perpétuelles [1], qui puſſent accélérer

---

il ſe contenta par celui-ci de l'établir
Tétrarque de la Galilée & de la Pétrée ;
donna le Royaume à *Archelaüs* ; à *Phi-*
lippe ſon frere la Trachonite, le Gau-
lanite, & la Bathanée, qu'il érigea en
Tétrarchie ; & à *Salomé* ſa ſœur, *Jamia,*
Aſor & Phaſaelite, avec cinquante mille
pieces d'argent monnoyé. *Joſephe Hiſt.*
des Juifs.

1 *Révoltes perpétuelles.* Après la mort
d'*Hérode* le grand, les Juifs entreprirent
de recouvrer leur liberté. *C. Varus*
Gouverneur de la Syrie pour les Romains, maintint les fils d'Hérode qui
partagerent ſes Etats, mais *Claudius*
ayant donné le gouvernement de la
Judée à *Felix* l'un de ſes affranchis,
mari de cette *Druſille*, dont il eſt parlé
aux Actes des Apôtres *chap.* 24. ſes ex-
torſions acheverent de déſeſpérer les
Juifs ; ils prirent les armes contre *Flo-*
rus ſon ſucceſſeur qui le vouloit imiter

leur deſtruction entiere. Toutes
ces choſes ainſi arrangées, je m'é-
tois retranché ſur le Liban, dont
j'avois fait mon point d'obſervation ſur toute la terre, & princi-
palement ſur la Judée : j'étois attentif au moindre événement,
lorſque ſur les bords du Jourdain,
au milieu d'une multitude nombreuſe, a paru un homme extraordinaire, on le nomme *Jean*; nourri
dès ſa plus tendre enfance dans
les antres du déſert d'*Ænon* où il
habitoit familiérement avec les
monſtres ; vêtu à la maniere des
ſauvages d'une peau [1] qui s'atta-

& les avantages qu'ils remporterent,
augmenterent leur hardieſſe ; tout ſe
ſouleve, & *Néron* eſt obligé d'envoyer
Veſpaſien en Judée pour y réduire les
rebelles.

1 *D'une peau.* Ipſe autem Joannes
habebat veſtimentum de pilis camelo-
rum , & Zonam pelliceam circa lumbos
ſuos. *Math. c. 3. v. 4.*

che

che fur l'épaule , & lui couvre à
moitié fon corps endurci à la rigueur des faifons. Sa taille avan-
tageufe , fon air auftere , fa vie
dure , fa nourriture qui n'eft que
de miel fauvage & de fauterelles [1],
le ton haut qu'il affecte , & la parole qu'il manie puiffamment ,
tout cela le fait regarder comme
un grand Prophète [2]. Les peuples
amis de l'illufion , racontent de

---

[1] *Sauterelles.* Efca autem ejus erat
locuftæ & mel filveftre. *Math. c. 3. 4.*

[2] *Un grand Prophète.* Parmi les enfans des hommes , dit Jefus-Chrift ,
il n'en a point paru qui ait exercé une
fonction plus grande que celle de Jean-
Baptifte. Il eft Prophète & plus que
Prophète ; mais celui qui exerce le
moindre miniftere dans le Royaume
des Cieux , dans la difpenfation de la
juftice & des vrais biens , eft plus grand
que lui. *Spect. de la Nat. tom. 8.
prep. Evang. pag. 390.*

Tome II.　　　　　K

lui mille merveilles : s'il faut en
croire les bruits qui se répandent
encore sur les montagnes de Judée, sa naissance fut, dit-on, un
présent du Ciel ; plusieurs assurent que c'est *Elie* rajeuni qui re-
paroît sur la terre ; il aide lui-
même leur erreur en se disant
publiquement *la voix qui crie dans
le désert*, la voix de celui qui doit
venir. Tel étoit le nouveau Prophète, quand je l'apperçus au
milieu des ondes du Jourdain,
plongeant tous ceux qui y entroient avec lui ; il nomme cette
action *Baptême* [1] : beaucoup de

---

1 *Baptême.* Le Baptême de Jean n'é-
toit qu'une simple ablution du corps,
figurative de celle que l'ame reçoit par
le Baptême de *l'eau*, de l'*esprit*, & du
feu ; & en cela même différent du Baptême de Jesus-Christ, qui est une véritable régénération spirituelle, & une
eau qui jaillit à la vie éternelle, selon

Galiléens y étoient accourus, &
s'étoient rendus ses Disciples 1.
Déja sur le bruit de sa haute réputation, les Princes de la Synagogue, & les Prêtres, Scribes &
Docteurs de la Loi, avoient député vers lui pour sçavoir s'il
étoit le *Messie* 2 ; déjà les peuples

---

ce que Jesus-Christ lui-même dit. *Joan-*
nes quidem baptizavit aqua, vos autem
baptizamini spiritu tuo non post multos
hos dies. Marc. c. 1. 8. & Act. Apostol.
cap. 11. 16.

1 *Disciples.* Jean avoit beaucoup de
disciples qui s'étoient attachés à lui le
croyant le *Messie* ; mais lorsque Jesus-
Christ eût paru, & que Jean le leur eût
montré comme l'*Agneau de Dieu*, une
partie de ses disciples le quitta, & le
reste se rejoignit au Sauveur après la
mort de Jean.

2 *S'il étoit le Messie.* Les Pharisiens
députerent des Prêtres & des Levites
à *Jean-Baptiste*, pour sçavoir de lui
s'il étoit le *Messie*, ou du moins *Elie*,

prévenus pour sa morale le regardent comme tel , & lui déférent les honneurs qui ne font dûs
qu'à la divinité. Je m'attachois à
suivre toutes les démarches de
cet homme singulier ; j'exami-
nois jusqu'à ses moindres actions,
lorsque du centre de cette mul-

---

car ils étoient prévenus par *Malach. c.*
4. 5. qu'*Elie* devoit venir avant le
Messie. Ainsi voyant dans Jean-Baptiste
plusieurs caracteres de ressemblance avec
Elie, ils croyoient que c'étoit ce Prophète qui reparoissoit au monde, après
en avoir été enlevé depuis plusieurs siécles : & sur ce que Jean leur répondit
qu'il n'étoit ni le *Messie* , ni *Elie* , ni un
Prophète ; les Pharisiens lui demande-
rent sans hésiter , pourquoi donc il
baptisoit ? Se fondant qu'il n'étoit pér-
mis qu'au *Christ,* ou à un *Prophète* commis de sa part de baptiser, conformément à ce qui est dit dans *Ezechiel. c.*
36. 24. *Effundam super vos aquam*
mundam , & mundabimini ab omnibus
inquinamentis vestris.

titude dont Jean étoit toujours environné, eſt ſorti un homme non moins extraordinaire, on le nomme *Jeſus* [1]. La majeſté [2] de ſon front m'a d'abord frappé, & a fixé ſur lui l'attention de tous les peuples. Rien n'eſt plus ſimple que le vêtement, plus noble que le maintien, & plus grand que la démarche de cet homme pacifique. A peine a-t'il parû, que *Jean* s'eſt profondément incliné devant lui ; il l'a adoré avec les expreſſions les plus humbles & les plus ſoumiſes ; il l'a annoncé avec

---

1 *Jeſus.* C'eſt-à-dire, Seigneur & Sauveur.

2 *Majeſté.* Son air avoit quelque choſe de céleſte, & de divin, *dit S. Jerôme dans ſon Epître 140. à la Vierge Principia*, & dans ſon livre 1. ſur S. Mathieu. Il aſſure que l'éclat de la majeſté divine brilloir ſur ſon viſage.

K iij

emphase ; il l'a montré à tous
comme le *Libérateur* du monde ;
Jesus l'a pressé de le baptiser ; ils
sont entrés tous les deux dans le
Fleuve ; les peuples spectateurs de
cette nouveauté, bordoient le rivage : on dit qu'au moment que
par le ministere de Jean , Jesus

---

1 *Il la montré à tous.* En effet , le
Précurseur est *Prophète* , puisqu'il annonce la mort future du Sauveur & la
suppression de tout autre sacrifice que le
sien. Il est *plus que Prophète* , parce que
l'Auteur de la Justice , & du Salut que
Jean-Baptiste annonce , n'est plus dans
l'éloignement, comme il étoit à l'égard
des Prophètes. Il vient, dit-il ; *appro-*
pinquavit : il est au milieu de vous :
medius vestrum stetit. Ne le méconnois-
sez pas dans l'humilité , & sous les
voiles qui couvrent ce qu'il est : *quem*
vos nescitis. Dieu me l'a manifesté & je
vous le montre ; *Ecce Agnus Dei, ecce*
qui tollit peccata mundi. Joan. 1. 29.
Spect. de la Nat. prepar. Evang. tom. 8.
pag. 391.

a plongé dans les eaux , le Ciel
s'est ouvert ; une colombe éclatante a voltigé pendant quelques
instans dans les airs , au-dessus
de la tête de Jesus ; une voix
forte semblable à celle du très-
Haut, s'est fait entendre , & l'a
proclamé son Fils. Au son de la
voix divine la terre a tremblé ,
le mont Liban , ce mont fameux [1] où nous sommes assem-
blés, a été ébranlé jusques dans
ses fondemens ; ces cédres anti-
ques , qui ne connoissent d'autre origine que celle du monde ,
ces cédres sous lesquels nous nous
plaisions à assembler nos conseils,
ces cédres ont été renversés , vous

---

[1] *Ce mont fameux.* Ecce ego ad te
mons pestifer , ait Dominus , qui cor-
rumpis universam terram , & extendam
manum meam super te , & evolvam te
de petris , & dabo te in montem com-
bustionis. *Jerem.* 51.

K iiij

en voyez les débris ; moi-même,
s'il faut l'avouer, Princes, j'en
ai frémi d'étonnement ; & dans
la premiere ſurpriſe que m'a cau-
ſé ce grand ſpectacle, je n'ai pû
démêler pour lequel de ces deux
hommes le Ciel venoit de ſe déclarer ſi ouvertement. L'un des
deux pourroit bien être le *Meſſie*,
ou du moins vouloir paſſer pour
tel ; que dis-je, de l'aveu de *Jean*,
de celui du Ciel, & plus encore
par les prodiges ſurnaturels que
ce *Jeſus* a opéré, il n'eſt plus douteux qu'il ne ſoit ce *Meſſie* promis. Soyons ſur nos gardes, après
le ſilence auquel nos Oracles ſont
condamnés, nous ne pouvons
uſer de trop de vigilance pour
prévenir le coup malheureux qui
nous menace.

Satan finit ſon diſcours par
un blaſphême, & ſe tût. Auſſi-
tôt un murmure confus mêlé de

blafphêmes contre Dieu, & de louanges flatteufes pour Satan, applaudirent à fon orgueil. Plufieurs Démons fubordonnés, vils courtifans, alloient l'exalter de vive voix, lorfque Béelzebut [1] fe leva. Béelzebut peu inferieur à Satan, & après lui le premier en dignité, étoit un de ces fameux rebelles qui, de Principauté brillante dans le Ciel, étoit déchû par fon crime, en Principauté ténébreufe de l'abîme; fon corps gigantefque, noirci par les feux éternels où il eft condamné de regner, reffemble à un haut obélifque que les coups

---

1 *Béelzebut.* Idole des Accaronites, appellée le *Dieu Mouche,* ou *de la mouche,* parce qu'on l'invoquoit contre les mouches. Les Juifs par l'horreur qu'ils avoient de cette Idole, appellerent le Diable *Béelzebut.*

K v

fréquens de la foudre ont terni, & défiguré. Le feu dévorant qui le nourrit , entretient ſous ſes paupieres rouges & humides , deux charbons inextinguibles qui le brûlent en l'éclairant. Un diadême ardent ceint ſon vaſte front ridé par la dure & toujours nouvelle impreſſion de ſes peines ; mais ſi ſon eſprit n'eſt point changé par le repentir , du moins l'habitude de ſes tourmens l'a rendu plus circonſpect, & plus politique qu'il ne fût jadis au ſein de la béatitude céleſte. Béelzebut adreſſa la parole à Satan en ces termes.

Monarque, qui n'as d'autre ſupériorité [1] ſur nous que celle de

---

1 *Supériorité.* S. Thomas dit qu'il y a toujours une certaine primauté parmi les Démons, par la raiſon que comme les Anges qui tomberent avec Satan, étoient

ta malice, de ton orgueil & de tes peines, le récit de ces étranges révolutions arrivées dans notre Empire depuis six lustres, est un objet assez important pour péser murement les avis. Nous nous étions apperçûs du silence de nos Oracles, il étoit reservé à ta vigilance d'en découvrir la cause; elle est pressante, elle demande un prompt remede; c'est à toi, comme le Chef suprême de l'Empire Infernal, d'ouvrir un avis; ta prudence nous servira de guide.

---

de plusieurs ordres des Hiérarchies angeliques, & Lucifer qui les entraîna, se trouvant le premier Chérubin en dignité, il conserve encore sa primauté parmi les Anges proscrits; mais comme il est plus fécond & plus éclairé en malice & en iniquité, il éprouve aussi un plus grand dégré de peines & de tourmens. *S. Thomas.* 1ª. *quæst.* 91. *art.* 2.

Puiſque l'honneur d'opiner le premier m'appartient de droit, repliqua Satan, je n'héſiterai pas à vous propoſer l'emploi des moyens violens. Le ſilence de nos Oracles [1] eſt un malheur, mais il n'eſt pas ſans reſſource, j'en ai dans moi-même de ſupérieurs à tous les accidens du ſort. Si une puiſſance tyrannique nous

---

2 *Le ſilence de nos Oracles.* Pluſieurs P P. & Docteurs aſſurent que les Oracles ceſſerent à la naiſſance de Jeſus-Chriſt; d'autres objectent qu'ils n'ont ceſſé que longtems après, & bien avant dans le deuxiéme ſiécle. Pour accorder les deux ſentimens, je crois qu'on peut dire que Jeſus-Chriſt en venant au monde, fit taire abſolument les Démons; mais que les Prêtres des Idoles ſupléerent à ce ſilence par leurs fourberies; & que ſe laſſant à la fin d'un perſonnage qui perd tout crédit quand il eſt démaſqué, les Oracles ceſſerent entierement.

défend de rendre des Oracles par nous-mêmes , & d'abuser plus longtems , & le Prêtre & le peuple suppliant , déchargeons-nous de l'imposture sur le Prêtre seul ; il fera par intérêt , ce que nous faisions par politique ; & s'il arrivoit (ce que je ne présume pas) que la même puissance rendît nos Prêtres muets , ce silence ne devroit pas nous consterner. Je le tournerois tout à notre avantage ; les peuples abusés en rejetteroient la faute sur eux seuls ; ils l'attribueroient à leurs infidélités ; ils croiroient que nous sommes irrités , & que dans notre juste courroux , nous dédaignons d'écouter leurs prieres , & d'exaucer leurs vœux. Alors profitons de leur erreur ; si la parole publique nous est interdite , l'inspiration secrette nous est libre. Remettons la magie [1] en vogue ; trompons les hommes , les uns par les autres. Ne répandons fur eux que fauffes lumieres & préjugés ; égarons leur efprit dans les re-

---

1 *La magie. Eufebe* rapporte quantité de paffages de *Porphire* , où ce Philofophe payen affure que les mauvais Génies, ou Démons, font les auteurs des enchantemens , des Philtres, des Maléfices , qu'ils ne font que pour tromper nos yeux par des Spectres, & par des Phantômes ; que le menfonge eft fi effentiel à leur nature , qu'ils excitent en nous la plûpart de nos paffions ; qu'ils ont l'ambition de vouloir paffer pour des Dieux ; que leurs corps aëriens ou fpirituels fe nourriffent de fuffumigations, de fang répandu , & de la graiffe des facrifices ; qu'il n'y a qu'eux qui fe mêlent de rendre des oracles , & à qui cette fonction , pleine de tromperie , foit tombée en partage ; & enfin à la tête de cette troupe de mauvais Démons , il met *Hécaté & Serapis.* Eufeb. prep. Evang. l. 4. c. 5. 6.

cherches de la nature , comme
nous avons obfcurci leur raifon ,
& aveuglé leur cœur dans la recherche de la vérité ; infectons
tout de notre fouffle empoifon-
né, *fimples* & *minéraux* , que
tout ne foit plus qu'illufion , que
menfonge , & que fourberie pour
cacher, s'il fe peut, aux yeux clair-
voyans , le vuide de nos Oracles [1] & la trifte vérité qui les

---

[1] *Vuide de nos Oracles. Plutarque*
qui a fait un Traité de la ceffation des
Oracles en allègue deux raifons ; la premiere, le chagrin d'*Apollon* , qui , indigné de fe voir interrogé fur des ba-
gatelles , ne daigna plus répondre aux
queftions qu'on lui faifoit ; l'autre , que
quand les Génies , ou Démons prépofés
pour diriger les Oracles , venoient à s'é-
teindre ou à mourir , il falloit nécef-
fairement que les Oracles vinffent à
finir , ou du moins fuffent fufpendus ,
jufqu'à ce qu'un nouveau Génie , ou Démon fut initié dans la maniere de les

condamne au ſilence. Que chacun de vous aille donc dans les
Temples qui lui ſont conſacrés,
ſouffler l'erreur & l'impoſture, &
faire le premier eſſai des enchantemens magiques. Toi ſurtout,
puiſſant Dieu d'Accaron, toi,
dont le culte eſt fameux chez les
Philiſtins ; vous, Dieux principaux, & vous, Dieux ſubalternes,
parlez aux yeux par des preſtiges ;
aveuglez les eſprits par des illu-
ſions ; corrompez les cœurs par
les paſſions ; rendez-les conſtamment amis de l'erreur ; confon-

---

rendre ; *Plutarque* ajoûte une cauſe
plus naturelle de la ceſſation des Oracles, c'eſt l'état de la Grece déſerte &
ravagée par la guerre. La modicité du
gain fit tomber les Prêtres dans une né-
gligence qui laiſſa trop appercevoir la
fraude & l'impoſture, parce qu'on ne
prenoit plus d'aſſez bonnes meſures
pour les cacher. *Plutarq. de Oraculis.*

dez-la avec la vérité, annoncez même la vérité [1] si elle peut servir à vos desseins, & à séduire les esprits ; animez-les, dirigez-les au gré de vos fureurs. Armons-nous, armons tout l'univers pour nos intérêts, & mettons-nous en état de recouvrer le crédit que nous avons perdu.

Il cessa ; *Belial* [2] qui porte par tout avec lui le caractère de paresse & de lâcheté, qui fait gloire d'une frivole indépendance, & de ne subir la loi, ni le joug de personne, *Bélial* [2], le même qui sous le

––––––––––––––––––––

1 *Vérité.* Les Démons disent quelquefois la vérité pour donner plus de crédit au mensonge, pour mieux tromper les hommes, & les induire en erreur par l'apparence même du vrai. *S. Thomas 1ª. quæst. 64.*

2 *Bélial.* Id est perversus & absque jugo.

nom d'*Asmodée* [1] , signala ses fureurs jalouses dans *Rages* [2], lorsqu'épris d'un amour impur pour *Sara* fille de *Raguel*, il fut long-tems son tyran, & l'homicide [3]

---

1 *Asmodée.* C'est ce même Asmodée que le Texte Hébreu appelle *Roi des Démons, Prince de tous les Démons de la Province de Médie*, qui y inspiroient des feux impurs. *Menoch. in scrip. sacr. Tob. 11.*

2 *Rages.* Est la même que la ville d'*Ecbatane*, Capitale de la Médie.

3 Homicide. *Dæmonium occidit illos : cur Dæmonium occiderit illos, causa vera mox proferetur ab Angelo ? Alia tamen vulgò jactabatur quæ in Græco Textu habetur ; quoniam*, inquit Tobias, *Dæmonium diligit illam, quòd non nocet cuiquam, nisi accedentibus ad eam. Hæc autem ut à vulgo jactatum, non autem ut à scripturâ sacrâ affirmatum, accipiendum est. Neque existimandum est, ullum à Dæmone cùm illâ commercium habitum fuisse, nam & animus castissimus erat, quòd ille oderat, &*

obstiné des sept maris consécu-
tifs qui avoient osé l'approcher ;
mais *Tobie* muni d'un préserva-

---

corpus attingere à Deo non permitteba-
tur. Menoch. in Tob. c. 3. Pourquoi
le Démon Asmodée tua-t-il les sept
maris de *Sara* ? L'Ange va nous l'apprendre ; c'est, dit *Tobie*, parce que
ce Démon l'aimoit. Il ne fait du mal
qu'à ceux qui veulent l'approcher. Il
ne faut pas croire, comme plusieurs peuvent se l'imaginer, sur la foi du Texte
Grec que l'écriture n'admet pas, que ce
Démon ait eu le moindre commerce
avec *Sara* ; c'étoit moins la beauté de
son corps qui le piquoit, que la chas-
teté de son esprit qui l'irritoit. Mais
Dieu ne lui permettoit pas de rien at-
tenter sur elle ; c'est pourquoi il se ven-
geoit sur ceux qui vouloient l'épouser.
Tertulien, *S. Justin*, *Lactance*, *S. Cy-*
prien, *Clément d'Alexandrie* & *An-*
thenagore, se sont figurés que les Faunes
étoient des Anges transformés par le
crime qu'ils commirent, lorsque Dieu
en précipita plusieurs autres dans les
enfers.

tif céleſte [1], triompha du charme du jaloux *Aſmodée*, & épouſa *Sara* malgré lui, lorſque par ordre de Dieu, l'Archange *Raphaël* l'eût enchaîné [2] dans l'affreux déſert qui eſt par-delà l'Egypte. Ce fut ce Bélial qui s'éleva, ſans reſpect, contre le ſentiment de Satan qu'il méconnut

---

[1] *Préſervatif céleſte. Raphaël* dit à *Tobie*, prenez le cœur, le foye, & le fiel d'un poiſſon; mettez une partie de ce cœur & de ce foye ſur les charbons ardens; la fumée qui s'en élevera eſt efficace à mettre en fuite toute ſorte de Démons, & à en délivrer qui que ce ſoit, homme ou femme, de façon qu'il n'oſera plus y revenir. *Tob. cap. 6.*

[2] *Enchaîné. Tobie* n'eut pas plûtôt brûlé le cœur & le foye de ce poiſſon, ſelon l'ordre de l'Ange, que *Raphaël* ſaiſiſſant *Aſmodée* au milieu de la fumée épaiſſe, le lia, & fut le reléguer, & l'attacher dans le déſert qui eſt par-delà l'Egypte. *Ibid. cap. 8.*

toujours pour son Souverain ;
Monarque foudroyé, dit Bélial
au Prince des Ténébres, modere
tes emportemens : as-tu oublié le
jour fatal de notre défaite dans
les plaines du Ciel ? & n'as-tu
pas assez mesuré l'horrible profon-
deur de l'abîme où tu nous a entraînés en tombant ? Quels projets frivoles oses-tu enfanter de
nouveau ? Tu parles d'employer
la violence & la force, ce terme
sied-t'il bien à des vaincus préci-
pités ? Que t'a-t-elle servi contre
le Tout-Puissant ? Qu'a produit
l'invention de ton artillerie in-
génieusement imaginée ? Qu'ont
produit les découvertes de ta
Physique infernale ? Ton formidable Arsenal, a-t-il pû forger
des foudres d'une trempe supérieure aux foudres du Très-Haut?
Quel a été l'effet du salpêtre tiré
du sein des voûtes éthérées ? Ces

coups éclattans , en ébranlant le Ciel , ont-ils pû ébranler le trône de l'Eternel , & diffiper fes défenfeurs ? Qu'a produit tout ce délire de ton orgueil, & de notte fureur ? Ces monts follement lancés , ces collines déracinées , ces rochers fracaffés , ne font-ils pas retombés fur nous avec plus d'impétuofité ? Et enfevelis fous ces accablans débris , n'avons nous pas été la rifée des Anges victorieux ? Après de fi funeftes expériences , veux-tu courir de nouveaux hazards ? Crains de rencontrer dans ta périlleufe carriere des précipices nouveaux , & dans ta chûte quelque *nuage chargé de nître* [1] , *qui s'enflammant fous tes pieds brûlans , te renvoye dans* l'immenfe cahos *dix mille fois plus haut que tu n'étois tombé.* Pour nous

---

1 *Nuage chargé de nître.* Voyez le Paradis perdu de Milton. Chant. 6.

illuftres compagnons d'une même
infortune , attachons-nous plûtôt à jouir de l'Empire que nous
poffédons : le Ciel eft refté au
vainqueur ; qu'il y regne : la terre
nous eft échue en partage ; jouif-
fons, regnons , dominons ; que
chacun de nous y vive en fouve-
rain , & qu'au gré de fes caprices, il donne des loix , qu'il augmente le nombre de fes adorateurs & de fes Temples. Faifons
de la terre un nouveau Paradis
qui nous confole de celui que
nous avons perdu. Conftruifons
autant de Palais que nous fommes de Monarques , & fans
nous arrêter au modele de *l'ancien Pandæmonium*[1], que plufieurs
des Génies fubordonnés deviennent Architectes ; qu'ils dreffent
des plans d'édifices plus commo-

---

1 *Pandæmonium.* Voyez le Paradis
perdu, Chant 1,

des & plus simples ; que les uns
travaillent à tirer l'or des mines,
que d'autres , devenus ouvriers
ingénieux , le purifient dans le
creuset ; qu'ils ciselent, qu'ils gra-
vent , qu'ils incrustent , qu'ils
embellissent ; voilà les travaux
amusans qui doivent occuper notre loisir ; sans aller ouvrir une
nouvelle carriere de disgrace &
d'intrigue , & perdre par une
conjuration impuissante l'Empire
que la séduction nous a acquis
sur tout le genre humain ; eh n'a-
chevons pas de désespérer nos affaires & toute réconciliation en
poussant à bout un vainqueur
trop terrible ! Qui sçait s'il ne se
fléchiroit pas un jour, & si par
une clémence généreuse il ne
mettroit point un terme [1] aux pei-

---

2 *Un terme.* Les Anabaptistes soute-
noient que les peines des Démons &
des Damnés finiroient ; & que mille
nes.

nes auxquelles fa victoire nous
tient encore affujetis.

Moloch [1] , Démon de la cole-

---

ans avant la Réfurrection les Juftes re-
gneroient fur la terre avec Jefus-Chrift ;
& qu'ils recevroient le centuple de tout
ce qu'ils auroient quitté pour lui.

[1] *Moloch Démon de la colere.* *Moloch*, Idole des Ammonites à laquelle
ils facrifioient des enfans & des animaux. C'étoit un bufte ou demi corps
d'homme qui avoit une tête de Veau ,
& tenoit les bras étendus ; fur fon efto-
mach il y avoit fept ouvertures par où
l'on mettoit les victimes dans autant
de fourneaux , qui étoient dans cette
Statue d'airain & creufe. Le premier
fourneau vers la ceinture étoit pour la
fleur de farine , que l'on offroit à cette
Idole. Le deuxiéme pour les *pigeons* &
les *tourterelles* ; le troifiéme pour les
agneaux & *brebis* ; le quatriéme pour
les *béliers* ou les *chevres* ; le cinquiéme
pour les *veaux* , le fixiéme pour les *taureaux* ; & le feptiéme pour les *enfans*
que l'on facrifioit à ce faux Dieu. Ce
demi corps , ou bufte étoit pofé fur une

re & de l'emportement, qui pendant ce diſcours avoit eu de la
peine à modérer ſon impétuoſité , s'écria d'un ton véhément;
oh qu'à ce diſcours effeminé , on
reconnoît bien le Dieu de la luxure & de la pareſſe ! Eſt-ce donc
ainſi , lâche voluptueux , qu'il

---

eſpéce de four , où l'on allumoit un
grand feu qui rendoit l'airain de la Statue ardent au-deſſous de chaque ouverture ou fourneaux ; & de peur que l'on
entendît les cris des enfans , on faiſoit
un grand bruit avec des tambours &
autres inſtrumens qui étourdiſſoient les
Spectateurs ; il y a néanmoins des Auteurs Hébreux qui diſent, que les enfans n'étoient point jettés dans les fourneaux pour y être brûlés , mais qu'ils
paſſoient ſeulement entre deux bûchers
allumés , pour être purifiés par cette
cérémonie. Les Juifs qui faiſoient des
ſacrifices à cette Idole , ſont appellés
Molochites , & il en eſt parlé au *Léviti-
que chap.* 20. *& au l.* 4. *des Rois chap.*
16. *& 23.*

convient d'opiner , tandis que la noble audace brille dans les yeux d'un chacun ? tu ne propo- ſes que l'inaction & la volupté amoliſſante : croupis dans l'infa- mie , on ſçaura ſe paſſer de ton bras, auſſi ne fut-il jamais aſſez formidable pour être redouté , ni aſſez ſecourable pour être re- gretté. Pour toi , ô illuſtre Chef, incomparable Satan , quelles louanges te donnerons - nous , pour le glorieux exploit du maſ- ſacre politique de Béthléem? Que j'aime le récit de tant de cruau- tés ! Non , jamais les ſacrifices ſanglans [1] des Ammonites inhu-

---

[1] *Sacrifices ſanglans.* Dans l'oblation du ſacrifice , on ne conſidere pas le prix de la victime , mais la ſignification du ſacrifice même ; c'eſt pourquoi, ſelon S. Auguſtin *de Civit. Dei* , les Démons ne ſe réjouiſſent des ſacrifices & des

mains qui me sacrifient chaque
jour leurs enfans , ne m'ont été
si agréables que ce massacre général. Est-il des termes assez pom-
peux , & assez dignes pour exprimer l'importance du service que
tu as rendu à l'Empire infernal ?
Acheve de le rendre stable & flo-
rissant sur la terre ; quels maux
peut donc nous faire encore le
Dieu du Ciel ? Les traits de sa
colere ne sont-ils pas épuisés ? On
ne doit ménager un vainqueur
que lorsqu'il peut nous accabler
de nouvelles disgraces. Dieu
peut-il rendre notre sort plus affreux ? qu'en avons - nous à
craindre ? le comble des maux
fait la sécurité des malheureux.
Ainsi , c'est ne rien hazarder
que d'entrer dans une nou-

victimes , que parce qu'ils s'égalent par
là à Dieu.

velle guerre contre l'Eternel, &
de la rendre immortelle comme
notre essence. O Satan, voici mon
bras, commande, je suis prêt à
voler à tes ordres ; mais laisse re-
poser dans ses délices, le *sensuel
Belial*, ne trouble pas ses plaisirs
par des ordres militaires ; un
cœur né pour la molesse abhorre
l'appareil des combats, & trem-
ble au seul nom de la guerre.
Dieu des amours, ne craignez
point qu'on vous force à prendre
les armes ; vous pouvez aller vivre à *Paphos* & à *Cithere* dans
vos Palais enchantés, & grossir
votre Cour des ris & des jeux folâtres ; que le nectar versé de la
main des Graces séductrices vous
enyvre ; que la mélodie des con-
certs lubriques vous endorme ;
pour nous, nous suivons Satan &
sa fortune ; la gloire seule est digne des grands cœurs.

Belial piqué de l'ironie insultante du fougueux *Moloch*, alloit repartir vivement, quand Satan prevint la difcorde. Princes, leur dit-il, à quoi bon tous ces vains débats ? voulez-vous confommer la ruine de notre Empire par vos diffenfions ? O Bélial qui m'accufes de former de nouvelles entreprifes, que ton erreur eft profonde ! Hélas je le vois, tu ignores le trifte état où nous fommes réduits : apprens que loin d'être agreffeur comme jadis, lorfque l'ambitieux orgueil nous mit les armes à la main, pour le foutien de notre dignité, & de nos droits, nous fommes forcés aujourd'hui à défendre pied à pied le terrain que nous avions acquis ; & puifqu'il faut enfin vous découvrir à tous ce que je penfe de notre nouvel ennemi, apprenez ici le fujet de mes craintes. Notre Empire eſt menacé d'une étrange révolution. Les Aſtres nous ont annoncé que le Ciel prend parti contre nous, & ſe prépare à une nouvelle guerre : qui ſçait ſi ſon deſſein n'eſt pas de nous exiler dans une terre de pleurs [1] & de gemiſſemens ; terre couverte d'une éternelle horreur, où le pâle déſeſpoir habite avec la confuſion & le déſordre. Le ſilence de nos Oracles eſt un préjugé fâcheux, je le répéte, & déja deux hommes flattés de la protection du Ciel, oſent entrer en lice. L'Homme ſe prépare à nous attaquer, & à venger la ſéduc-

---

1 *Terre de pleurs*. Terram tenebroſam & opertam mortis caligine ; terram miſeriæ & tenebrarum, ubi umbra mortis & nullus ordo, ſed ſempiternus horror inhabitat. *Job. 10. c. 22.*

tion qui fit tomber l'Homme ; eſt-il rien de plus humiliant que le défi de pareils adverſaires ? Je les ai vû ſur les bords du Jourdain ; l'un ſe dit le *Chriſt*, l'autre ſon *Précurſeur*. La voix de l'Eternel a nommé *ſon fils* l'un des deux ; cela n'eſt plus douteux ; & les peuples le ſuivent comme le *Meſſie*. D'abord j'ai employé la violence ; & *Jean* confiné dans un ſombre cachot, me répondra de tout ſur ſa tête. *Jeſus* que j'ai longtems pourſuivi, a juſqu'ici échappé à mes efforts. Je l'ai vû dans la Galilée, courant de rivage en rivage, ſe choiſir des compagnons, tous gens de mer, & ſe les aſſocier. Il eſt à propos que je vous les faſſe connoître pour que dans l'occaſion, vous puiſſiez les tenter, & mettre à profit leur foibleſſe, ou leur ignorance.

Le premier qu'il a appellé à lui est un nommé *Simon*, Galiléen d'origine né à *Betzhaïde*, homme violent, emporté, généreux jusqu'à se sacrifier sans réserve pour ses amis ; mais présomptueux au point de croire que rien ne lui est impossible s'il le veut.

André frere de ce *Simon*, est un homme si religieux, si attaché aux promesses d'un libérateur futur, si attentif à le découvrir, qu'il n'a pas hésité à croire *Jesus* sur sa parole.

Jacques & *Jean* surnommés *Boanergés*, sont freres, tous les deux fils d'un vieillard nommé *Zébédée*. *Jacques* est un esprit vain, qui, quoique nourri dans une profession obscure, aime le faste & les grandeurs ; l'ambition occupe seule son ame ; il ne s'est attaché à Jesus que dans l'espérance d'obtenir une des premie-

L v

res places de fon Royaume futur.

Pour ce qui eft de *Jean*, fon
caractère eft celui de la douceur;
efprit fublime, mais non encore
développé ; il fe plaît à la fpécu-
lation , il s'égare quelquefois
dans fes propres vifions. Néanmoins fon cœur plein de fenti-
mens & de tendreffe , femble
fait pour l'amitié ; il lui man-
quoit un ami , il croit le trouver dans *Jefus*, & il l'aime fin-
cerement. Quelle piété ! ils ont
abandonné leur pere , vieux &
caduc pour fuivre un inconnu.

Mathieu , citoyen de Caphar-
naüm, eft un cœur défintéreffé,
car foit qu'il fut rebuté de la pénible & odieufe profeffion de
publicain , foit qu'il crût de bonne foi que *Jefus* eft le *Meffie*, il
a quitté fa banque , & mépri-
fant les railleries des autres Pu-

blicains , il a fuivi *Jefus*.

Thomas eft un de ces efprits forts qui n'admettent que l'évidence , & ne fe rendent qu'à la démonftration palpable. Comme il fuppofe tous les hommes vendus au menfonge , il n'en croit que ce que fes fens lui perfuadent ; malgré tout cela , foit deftin , foit prévention , *Thomas* n'a pas douté un moment en s'attachant à *Jefus*.

Judas Ifcariot eft un homme fombre , atrabilaire & fimple en apparence , mais dans le fond fon cœur avare , diffimulé , fourbe , traître , hypocrite , fçait prendre toute forte de formes. L'amour des richeffes eft fa paffion dominante.

Quant à *Philippe* , *Jacques* , d'*Alphée* , *Barthelemi* , *Thadée le Chananéen* , & *Jude le zélé* ils font fans génie , fans naiffance , fans

lettres, credules, ignorans, &
simples.

Telle est la nouvelle milice
de ce prétendu *Messie*, & tels
sont les compagnons, presque
tous Galiléens, qu'il s'est associé.
Vils mariniers nourris sur les
bords marécageux d'un Lac, ils
ne subsistent que par les filets
d'une pêche laborieuse. Il veut,
dit-il, les rendre conquérans
du monde entier ; ce projet a de
quoi éblouir, & flatter des gens
dans l'indigence, qui ne ris-
quent rien à le croire, n'ayant
rien quitté pour le suivre ; en-
flés de promesses si magnifiques,
les nouveaux amis de Jesus se
regardent déja comme des Souverains ; imbus des merveilles
de son regne futur, & entraînés
par l'espoir séducteur, ces hommes simples l'en croyent sur sa
parole, & le suivent aveuglé-

ment : par le choix , jugez de celui qui l'a fait : mais la baſſeſſe
même de ce choix renferme ſans
doute quelque politique cachée ,
& me fait ſuppoſer à notre ennemi des reſſource impénétra-
bles ; car ſes démarches , quoique ſimples & unies , ſont marquées au coin d'une ſorte d'hé-
roïſme , tenant plus de la divinité , que de l'humanité. C'eſt
en vain que dans le déſert d'Æ-
non , je l'ai aſſailli & enlevé par
trois fois pour le tenter & le connoître ; en vain dans les plaines
de *Geraſa* j'ai voulu m'oppoſer en
perſonne à ſes conquêtes ; battu
de toutes parts , je me ſuis vû forcé à lui céder le champ de bataille , quoique ſuivi de la plus brave légion de l'Empire infernal.
Inutilement, & à ma preſſante ſol-
licitation le Prince qui regne dans
les airs , pour venger mon affront

& la cause commune, a suscité
une noire tempête sur la mer de
Tibériade ponr faire périr notre
ennemi ; cet homme redoutable, a étendu sa main, & à sa
parole tout est rentré dans le
calme. Impatient de sçavoir ce
que deviendroit celui à qui la
mer & les vents obéissent, je l'ai
vû parcourant la Samarie, attirer
à lui par la douce persuasion
une femme décriée par les dé-
sordres de sa vie. Delà courant
une nouvelle carriere, je l'ai suivi dans Jérusalem, où le bruit de
ses hauts faits l'avoit devancé ; je
l'ai vû dans le Temple triompher
des Vendeurs, de la résistance des
Princes, des efforts des Pontifes,
& de mes inspirations qui les ani-
moient. Bientôt dans ce même
Temple d'où il chasse ces vendeurs de colombes, il absout publiquement une femme adultere

avec autant de confiance & d'autorité, que s'il étoit lui-même au-deſſus de la *Loi* & des *Prophètes* ; que vous dirai-je, par tout j'ai vû ſon triomphe & notre confuſion ; les Pontifes interdits, les Prêtres tremblans, les Phariſiens étonnés, les Vendeurs en fuite ; tout a plié à la voix de notre ennemi ; & notre ennemi s'eſt applaudi de ſa victoire. Tant de faits ſurnaturels me font conclure que cet homme eſt un Dieu, ou que Dieu nous combat ſous la figure de cet homme.

Pareille opinion, repliqua *Belial*, d'un air & d'un ton déciſif, peut-elle trouver crédit dans l'eſprit de *Satan*, *Satan* le plus éclairé & le plus ſubtil de tous les eſprits qui habiterent jadis l'Olympe ? Quel paradoxe ! Quelle abſurdité ! La nature divine peut-elle s'allier à la nature humai-

ne[1]? Dieu eſt un Etre incréé, indé-
fini, indiviſible, inaltérable ; eſprit
pur & immortel, la ſainteté, la
force, l'immenſité, ſont ſes attri-
buts ; l'homme au contraire eſt
un compoſé groſſier de matieres
terreſtres, un être borné, divi-
ſible, altérable, & vraiment altéré par les paſſions qui le déchi-
rent ; formé de parties contraires
qui ſous l'apparence d'une merveilleuſe harmonie, diſcordent
ſans ceſſe, & la détruiſent à la
fin, ſa vie n'eſt qu'un vent [2] ; ſon
eſprit n'eſt qu'un ſouffle ; il bé-
gaye en naiſſant ; il radote en

---

1 *A la nature humaine.* L'union hy-
poſtatique du Verbe a toujours été un
myſtere inconnu aux Démons ; leurs lumieres éclipſées dans les ténébres de
l'orgueil, ne pouvoient pas le com-
prendre.

2 *N'eſt qu'un vent.* Ventus eſt vita
mea. *Job. 7. 7.*

vieilliſſant ; & dans les beaux
jours de ſon âge, ſa raiſon n'eſt
qu'un délire ; l'infirmité eſt ſon
appanage ; la foibleſſe de ſon
corps répond à celle de ſon
cœur ; & l'ignorance de ſon eſprit s'aſſortit fort bien à tous les
deux. Il ne peut rien par lui-même ; ſon penchant corrompu qui
l'éloigne du bien, le porte toujours au mal ; déchu de l'immortalité, il ne connoît plus la vraye
gloire ; ſon créateur, en le proſ-
crivant, l'a livré à la mort ; &
pour comble de miſere, il ſe trouve le joüet de lui-même, & de
ſon auteur : pourquoi donc ſoute-
nir l'union des contraires ? Voit-
on le feu s'allier à l'élément liqui-
de ? L'air ſubtil à la matiere ? Et
la lumiere ſubſiſte-t'elle avec les
ténébres ? Impoſſibilité choquan-
te ! Abſurdité puérile ! Opinion
ridicule ! Quoi, on prétendroit

que l'Eternel ſe traveſtît ſous la
forme humaine [1] pour venir nous

---

2 *Se traveſtît ſous la forme humaine.*
S. Jean dit dans ſon Evangile, que le
Verbe s'eſt fait chair, *& qu'il a habité
parmi nous.* Il pouvoit dire qu'il s'eſt
fait homme, mais il a préféré l'expreſſion, *le Verbe s'eſt fait chair*, pour nous
donner une idée plus vive de la profonde humiliation par laquelle il s'eſt chargé de ce qu'il y avoit dans notre nature
de plus bas, & de plus vil ; & encore
parce qu'il vouloit faire de cette chair
qu'il s'eſt rendue propre, la victime
de ſon ſacrifice & le prix de notre ré-
demption. Ainſi deux natures en Jeſus-
Chriſt, la nature divine, & la nature
humaine qui ſubſiſtent dans la ſeule perſonne divine, & de-là un *Dieu Homme*
& un *Homme Dieu* ; & un ſeul *Chriſt*
qui eſt l'un & l'autre. Un grand Prélat
du dernier ſiécle, s'écrie, en s'adreſ-
ſant à Jeſus-Chriſt ; ,, Vous êtes tel-
,, lement Dieu, qu'on ne peut croire
,, que vous ſoyez homme ; vous êtes
,, tellement homme qu'on ne peut croi-
,, re que vous ſoyez Dieu. " *Boſſuet
Elevat. 14. tom. 2.*

combattre ! Rendons-lui plus de juſtice ; penſons plus noblement de Dieu, tout notre ennemi qu'il eſt : un tel déguiſement eſt indigne de lui ; n'eſt-il pas aſſez puiſſant ſans employer la ruſe ? Elle eſt la reſſource des courages inférieurs, auſquels la gloire des ſuccès eſt fermée par des voyes nobles & éclatantes. D'ailleurs le Libérateur que le malheureux Iſraël attend, ſous le titre de grand Roi[1], ſe fera précéder de tout l'éclat qui accompagne la grandeur ſuprême. Rien n'égalera la pompe & la magnificence dont ſera ſuivi l'avénement du *Meſſie*. Ainſi l'Adverſaire obſcur qui ſe préſente aujourd'hui ſur le champ de bataille, n'étant pas un Dieu,

---

1 *Grand Roi*. Belial parle ici ſelon les idées charnelles du peuple Juif touchant le Meſſie.

ne peut être qu'un miſérable mortel, & un Etre ſi foible mérite-
t'il autre choſe que nos mépris?

L'amour du repos, répliqua
Satan à *Belial*, t'a ſans doute
inſpiré ces brillans ſophiſmes?
Ta ſécurité m'épouvante, & ton
aveugle confiance m'allarme. Ah!
ſi tu avois entendu le tonnerre de
la voix céleſte, ſi tu avois été
comme moi le témoin des ra-
vages qu'elle a fait tout récem-
ment ſur ces monts, alors tu
aurois compris que l'humanité
n'avoit aucune part à ces prodiges. Nos nouveaux adverſaires
ſont des hommes, je l'avoue;
mais ſi le Ciel, qui a déclaré ſe
complaire en eux, les ſoutient,
la partie ne ſera-t-elle pas égale?
Et le bras inviſible de Dieu agiſ-
ſant par le bras viſible de l'homme, ne ſera-t-il pas digne que
nous nous armions pour repouſſer

ses nouveaux assauts ? Ainsi sans
perdre le tems en vains discours,
Princes, il est question de déli-
bérer, s'il faut employer la violence ou l'intrigue.

Il cessa : & aussi-tôt un murmure foible en naissant , mais
grossi par mille & mille voix sourd-
dement tonnantes , se déclaroit
déja pour la violence ; c'est ainsi
que le premier souffle de l'Aquilon agite d'abord légerement les
feuilles des arbres d'une forêt
épaisse ; mais peu après renforcé
dans leurs branches, il en secoue
les rameaux fragiles , il les plie
à son gré, il y exerce son Empire avec des sifflemens aigus , &
sa violence tyrannique s'étend
enfin sur toute la forêt qu'il
ébranle. Tel le peuple de Démons séduit par le discours de
Satan , ne demandoit qu'à signa-
ler sa fureur en se précipitant

aveuglément dans une nouvelle guerre , quand Béelzebuth, qui, juſqu'alors étoit reſté abſorbé dans ſes réflexions politiques, ſe levant gravement , réunit l'attention générale , & parla en ces termes.

Puiſſantes Divinités du Tartare , les circonſtances ſont délicates , elles demandent une réſolution prudente : quelques-uns opinent pour la violence , pluſieurs penchent pour l'intrigue. Mon avis eſt d'employer l'une & l'autre , ſelon les occurrences , & de ſe ſervir de la force quand la ruſe deviendra inutile. Le ſage avis que tu propoſes , répondit Satan à Béelzebuth , eſt le même que j'ai ſuivi avant la convocation de ce Conſeil. Accablé des fers dont je l'ai chargé, le Prophète du Jourdain , gémit dans les priſons de Machéronte.

Faut-il achever de le perdre , il périra , j'en jure par les portes de l'Enfer ; ferment redoutable à l'Enfer même. En ce jour eft la folemnelle Dédicace de Tibériade ; en ce jour *Hérodias* doit triompher dans cette Babylone de Galilée ; & c'eft en ce jour que le fang du Prophète , confondu avec le fang de mille victimes , coulera à grands flots fur les Autels de la volupté , & fera le fceau de l'allegreffe publique. Non , le Soleil qui nous éclaire , n'achevera point fa courfe , fans voir Jean immolé au jufte reffentiment de la vindicative *Hérodiade* , & à la fûreté de notre Sceptre.

Une telle réfolution , dit Bélial d'un air & d'un ton radouci , eft digne du Monarque qui la forme , & de la vengeance que je dois à une Reine offenfée ;

ô Satan, je me rends à ta prudence, & à l'expérience qui te
guide; use de la force, sacrifie
Jean à tes soupçons & à mes intérêts : pour moi, je conçois le
projet d'asservir sous mes Loix,
& sans qu'il m'en coûte le moindre effort, cet homme qui se dit
le Fils de l'Eternel. Car plus je
refléchis sur les circonstánces de
sa conduite, plus je me confirme
dans mon opinion. Ce prétendu
Adonaï, sous le prétexte de vén-
ger la gloire de Dieu, en chas-
sant hors de son Temple les vendeurs dont l'emploi n'avoit rien
de criminel [1], y commet lui-mê-

---

1 *Rien de criminel.* Et quæ ibi vendebant illi ? Quæ opus habebant homines in sacrificiis illius temporis. Sacrificia illi populo pro ejus carnalitate, &
corde adhuc lapideo, talia data sunt
quibus teneretur, ne in Idolâ deflue-
ret : & immolabant ibi sacrificia, bo-
me

me un scandale inoui , & viole
la loi au pied des autels , en ren-
voyant absoute une femme adultere , proscrite par la Loi de Moïse. Non, rien ne prouve mieux
qu'il n'est pas un Dieu ; je le tiens
au contraire pour un homme , &
un homme très-corrompu dans sa
morale , puisqu'il tolere le crime ,
& autorise le vice jusques dans le
lieu saint. Ainsi après des excès
si marqués , & des preuves si clai-
res , peut-on douter qu'il ne soit
sujet aux passions , & sensible
aux attraits de la volupté. Ne
pourrions - nous pas l'employer
contre lui , l'amollir & le vaincre ? Il est dans Jérusalem une

---

ves , & oves , & columbas. Non ergo
magnum peccatum , si hoc vendebant
in Templo , quod emebatur ut offerre-
tur in Templo ; & tamen ejicit inde illos. *S. Aug. Tract. 10. in Joan.*

jeune beauté, merveille de ſon ſiécle. C'eſt-elle que je veux ame-
ner par illuſion en préſence de
notre prétendu ſage. Tel a ré-
ſiſté toute ſa vie, qui dans un
inſtant de foibleſſe fait naufrage, & perd tout le fruit de ſa longue vertu.

Satan ravi de voir concourir
avec lui le Démon le plus dangereux de tout l'Enfer, lui en marque ſa joye par les loüanges les
plus flateuſes ; ô invincible Belial, je ne doute plus du ſuccès
de ton entrepriſe ; eſt-il d'exemple qu'on ait pu réſiſter à ta ſé-
duction ! Tu as ſçu vaincre les
plus grands hommes, *Samſon*,
David, *Salomon*, & tant d'autres
grands perſonnages ſont tombés
dans tes piéges. La volupté que
tu inſpires, amollit tout : *Samſon*
y perdit ſa force, *David* ſa vertu,
Salomon ſa ſageſſe ; ce *Jeſus* ſe

roit-il plus sage que *Salomon* [1] ?
Fût-il plus pieux que *David*, &
plus fort que *Samson*, il faut qu'il
céde. Hâtons-nous d'exécuter nos
projets ; puissances infernales,
vous sur tout, *Béelzébut*, l'ame
de nos conseils, restez sur le
Liban ; &, assisté de douze
principaux membres du Sénat ténébreux, tenez-y la séance ouverte ; & vous, Démons, organes de l'illusion, retournez à vos
temples, rentrez dans vos simulacres ; & si vous ne pouvez les
animer des accens de vos voix,
du moins par des prestiges muets
conformes aux vœux des peuples
qui viendront vous consulter,
entretenez-les dans l'idée, que le
silence forcé de nos oracles, est
moins l'effet de notre impuissan-

---

[1] *Salomon*. Ecce plus quam Salomon
hic. *Math.* 12. 42.

M ij

ce, qu'une ſuite du courroux des
Dieux contre leurs déréglemens.
Et vous, Démons ſans temples
& ſans emplois, allez établir
l'art magique par vos enchantemens; faſcinez les yeux, trou-
blez la raiſon de ceux qui boiront
à votre coupe, & faites qu'il y
ait déſormais autant d'impoſ-
teurs & de dupes, qu'il y a
d'hommes ſur la terre.

Pour nous, ô ſéduiſant *Belial*,
uniſſons nos efforts. J'accablerai
par la violence ceux que tu ne
pourras vaincre par l'attrait du
plaiſir; & toi, tu ſéduiras par la
volupté, ceux qui braveront la
force de mon bras. Paſſons d'a-
bord à la Cour d'Hérode Antipas, & après l'exploit que je médite, nous nous rendrons à Jéruſalem.

Il dit, le Conſeil ſe ſépare, &
après mille blaſphêmes, tous les

Démons partent, & s'évanouiſ-
ſent dans les airs ; il ne reſte ſur
le Liban que *Béelzébut* & ſes douze Pairs ; au même inſtant, ſuivis
d'une légion d'eſprits immondes,
le jaloux *Satan* & le voluptueux
Bélial volent à Tibériade.

Fin du troiſiéme Chant.

M iij

SOMMAIRE

DU QUATRIE'ME CHANT.

*S*ATAN *inspire à Hérodiade la mort de Jean-Baptiste, en l'apostrophant dans une apparition sous la figure de l'ombre de Mariamne. Dédicace de la Ville de Tibériade au jour de la naissance d'Hérode. Cérémonies impies ; description du Temple dédié à Tibere ; apothéose de cet Empereur ; idolâtrie politique d'Hérode. Festin qui suit la cérémonie de la Dédicace ; artifice d'Hérodiade ; chant & danse de la Princesse Hérodias sa fille ; serment indiscret d'Hérode. Mort de Jean-Baptiste. Triomphe de Satan & de Belial ; ils volent à Jérusalem ; Belial & sept esprits impurs entrent dans le cœur de Magdeleine ; projet que le Démon de la vanité lui inspire ; moyens qu'elle employe pour l'exécuter.*

Ch. Eisen inv.   N. Le Mire sculp.

C. Eisen inv. et f. 1753.　　　　　　N. Le Mire sc.

CHANT IV.

TANDIS que la superbe Solime retentit des faits du divin Héros, & que sa douceur, sa puissance, & sa morale lui gagnent les cœurs des peuples, Satan & Belial, dans la Cour d'Antipas, machinent la perte du Prophète du Jourdain. Hérodiade toujours docile aux inspirations de l'un & l'autre Démon, devoit servir leur fureur, en suivant les secrets mouvemens de la vengeance

M iiij

& de l'amour. Il ne falloit que
la diſpoſer à un nouveau forfait.
Cette femme impérieuſe, malgré
ſon penchant à la cruauté, avoit
chancelé aux remontrances de
Jean ; cette circonſtance faiſoit
craindre à Satan un fâcheux retour à la vertu. Inquiet, il déli-
béra long tems avec Belial, ſi
pour inſpirer à cette Reine cruelle
la mort de ſon ennemi, il devoit
emprunter l'organe, ou de *Salomé*, ou de *Mariamne*. Toutes
les deux étoient ayeules d'*Hérodiade* ; toutes les deux comptoient
une ſuite nombreuſe de Rois parmi leurs ancêtres ; une ſeule dif-
férence ſe trouvoit entr'elles. Salomé [1] n'avoit été connue que par

---

1 *Salomé n'avoit été connue que par
ſes vices.* Elle étoit ſœur d'Hérode le
grand, & avoit épouſé *Joſeph*, mais
Hérode l'ayant fait mourir, la maria à

ses vices, & Marianne par ses
vertus. Mais comme le vice fait
horreur, même au plus vicieux,
lorsqu'il se montre trop à découvert, Satan pencha pour Mariamne, & résolut de faire périr le
redoutable censeur des Rois, en
lui opposant l'ombre d'une Reine
vertueuse, dont les reproches
amers, loin de la corriger, pus-
sent l'aigrir à l'excès, & la porter
à tout entreprendre pour perdre
Jean. A l'instant par une subtile
illusion, Satan se forme un corps
d'air épaissi, & se présente à Hérodiade sous la figure de Mariamne son ayeule. Il étoit nuit : l'il-

---

Costobare, auquel il avoit déja donné
le gouvernement de l'Idumée & de Ga-
za. *Costobare* entra depuis en grand dif-
férend avec *Salomé*, qui lui envoya le
libelle de divorce, contre l'usage des
Juifs qui ne donnoit ce pouvoir qu'aux
maris.

légitime épouſe d'Antipas, goû-
toit les douceurs du repos dans les
bras du ſommeil, lorſque ce phan-
tôme rayonnant de lumiere vint
éblöüir ſes yeux. Non, la puiſſante
Reine de Carie *Arthemiſe* ſous l'é-
clat du diadême ; la généreuſe
Reine de Palmire *Zenobie* dans
les beaux jours de ſon regne ; la
fiere *Cléopatre* dans l'orgueil de
ſes proſpérités ; & la vertueuſe
Athenaïs ſous la pourpre dont le
grand *Theodoſe* l'orna , eurent
moins de majeſté que l'ombre de
Mariamne n'en fit éclatter devant
Hérodiade. Le brillant dehors de
la Royauté dont elle étoit parée ,
frappoit moins que ſes charmes
naturels ; l'auſtere vertu dont
elle fit toujours profeſſion , étoit
gravée ſur ſon front auguſte ; elle
allioit la fierté de *Porcie* à la douceur de *Bérénice*, & la vertu de
Lucrece à la généroſité de *Clélie.*

Son beau corps n'étoit point fouillé des marques fanglantes dont les bourreaux d'Hérode l'avoient défigurée ; on remarquoit feulement quelques gouttes de fang éparfes fur fa gorge, dont la blancheur effaçoit celle des lys odoriférans ; ce qui n'indiquoit que trop fa malheureufe cataftrophe. Elle tenoit dans fes mains le bandeau Royal, que fon cruel époux avoit en vain effayé de lui arracher en la dégradant.

A peine la timide Hérodiade apperçoit-elle l'ombre refpectable de fon ayeule, qu'elle fe confume en efforts impuiffans pour l'éviter. Elle tend les bras, elle s'agite pour l'écarter ; elle veut en vain appeller fes femmes ; fa bouche entr'ouverte ne peut articuler aucune parole, & dans le trouble de fes fens agités, immobile elle eft forcée d'effuyer les reproches sanglans que lui fait la triste Mariamne. Reproches d'autant plus sensibles à l'incestueuse Hérodiade, que la vertu même sembloit parler par la bouche de cette illustre fille des Machabées. Fille indigne de moi, lui dit l'ombre d'un ton de courroux, infâme rejetton du plus pur & du plus noble sang du monde, Hérodiade jusques à quand prétens-tu déshonorer cette suite pompeuse de Rois tes ancêtres, dont tes excès ternissent la mémoire ? Puis-je reconnoître en toi une fille du généreux *Mathatias* ? Toi qui persécutes la vertu & proteges le crime à la face de tout l'univers. Veux-tu surpasser en forfaits le sanguinaire Hérode ton ayeul ? Porte tes regards sur ces marques sanglantes de sa tyrannie, & n'espere pas un sort plus heureux. Epouse infortunée

de ce Roi barbare, ce fut la fierté
des *Macchabées*, dont le sang couloit dans mes veines, qui fit tout
le crime de l'indifférente *Mariamne* ; la petite-fille d'*Aristobule*
& d'*Hircan* ne pouvoit fléchir devant l'usurpateur de la couronne
de ses peres ; mais s'il lui en
coûta la vie, elle porta sur l'é-
chaffaut toute la vertu des Princes Asmonéens, & la grandeur
d'ame des Macchabées. Voilà, si
tu es fille de *Jacob*, le modele
que tu devois prendre, & non
les mœurs corrompues d'un Iduméen [1] descendant d'*Esaü*. Sourde

---

1 *D'un Iduméen.* Plusieurs Auteurs modernes soutiennent que quoique Hérode fut originaire d'Idumée, il étoit Juif
de naissance, à cause que son pere & son
grand-pere avoient embrassé la Religion
Judaïque. On répond à cela que les Iduméens avoient aussi embrassé la même

aux remontrances du Prophète
du Jourdain, tu l'as jetté dans les
fers : conſidere l'effrayante pro-
fondeur de l'abîme que tu t'es
creuſé ; tu opprimes ce juſte ; tu
projettes de le faire périr, mais
tu préſumes trop : un jour vien-
dra, il n'eſt pas loin, peut-être
eſt-il arrivé ce jour auquel le
Ciel rompant les chaînes dont
Jean eſt accablé, tu le verras

---

croyance plus d'un ſiécle avant Hérode ;
mais que comme ſouvent par le mot de
Juif, on entendoit ſeulement ceux qui
étoient nés dans la Province de Judée, &
les autres étoient nommés *Etrangers*, les
Auteurs ſont partagés là-deſſus. *Salian*
& *Torniel* ont amplement diſcuté cette
queſtion. Le premier ſoutient qu'Hérode étoit Juif, & le ſecond, qu'il étoit
Etranger ; *Baronius* eſt de ce dernier
ſentiment, de même que S. *Epiphane*,
Sulpice Severe, *Euſebe*, *Nicephore*, *Be-
de*, *Petau*, & quantité d'autres Modernes.

fortir des noires prifons où tu le
retiens. Déja , je te le prédis ,
tu touches à ce terme fatal que
tu crois celui de ton triomphe ;
mais il ne le fera que de ta confufion , & tout à la gloire du
cenfeur de ta vie. Déja les traite-
mens affreux des *Jefabels* & des
Athalies , te font refervés par ce
nouveau *Jehu* ; déja les chiens
font à ta porte , qui demandent
leur proye , & l'époque de ton
fupplice eft fixée à la liberté du
Prophète du Jourdain.

Ainfi parla, & s'évanouit dans
les ténébres l'ombre de la ver-
tueufe Mariamne , ou plûtôt l'ar-
tificieux Satan , dont le but étoit
d'aigrir l'efprit altier de l'impé-
rieufe Hérodiade. Il réuffit ; car
un fier & terrible regard que ce
fpectre impofant lança fur la petite fille du cruel auteur du maffacre de Béthléem , acheva de

la rendre furieuſe ; elle s'éveille l'eſprit troublé de cette effrayante viſion, & ne pouvant ſe venger ſur l'ombre fugitive, Hérodiade tourne toute ſa fureur contre le Prophète, & jure de ne s'appaiſer que par ſa mort.

Cependant l'aurore effaçoit l'étoile du matin, & annonçoit ce jour ſolemnel, où devoient également triompher la diſſolution & la vengeance. Déja les Héros richement vêtus proclament la nouvelle ville au ſon des trompettes, & la nomment *Tibériade*, du nom de l'Empereur *Tibere*, en l'honneur duquel elle étoit bâtie. Déja les Prêtres vêtus d'un lin plus blanc que la neige qui couvre les ſommets de Seïr [1], font couler le ſang des

_____

1 *Seïr.* Montagnes de l'Arabie Pétrée, elles bornoient anciennement la Judée

victimes dans de larges coupes
d'or à l'ufage des facrifices. Déja
l'encens fume fur les Autels con-
facrés à la fortune de l'Empereur. Les peuples attirés par la
nouveauté de ce fpectacle, s'af-
femblent en foulé fous les vaftes
portiques du Temple, que Hérode Antipas avoit élevé fous la
forme du *Pantheon* de Rome, &
orné des plus riches dépouilles
de l'Afie. Ce Prince n'avoit épargné ni foins, ni dépenfe, pour
rendre cet édifice le plus fomptueux de fon fiécle. Un triple
rang de colonnes couplées deux
à deux, & du plus rare porphire
de Gréce, formoit un périftile
parfait autour du Temple. Le
dedans, dont la magnificence répondoit au dehors, étoit incruf-

---

du côté du Sud, & la féparoient de l'I-
dumée.

té d'un marbre de paros [1] avec des bas reliefs, où étoient repré-sentées les avantures les plus ga-lantes des Dieux & des Héros [2]

---

1 *Paros.* Ifle de la mer Egée l'une des *Cyclades.* Son marbre fi renommé parmi les Anciens, n'a rien aujourd'hui d'ex-traordinaire ; les marbres de Genes, de Namur, & même ceux de Provence, font beaucoup plus beaux. On y en trouve pourtant une efpece qui eft pref-que auffi tranfparent que le criftal ; on tient que c'eft celui que les Anciens ap-pelloient *Parium Marmor.* Toutes les veines d'où on le tiroit ayant été épui-fées, il ne s'en trouve plus dans l'Ifle que quelques morceaux entre les mains des curieux Naturaliftes.

2 *Des Dieux & des Héros.* Ceux qui pourroient fe fcandalifer de voir nom-mer les Dieux de la Fable dans un ou-vrage tout chrétien, n'ont qu'à voir la juftification que je fais de cette épifode dans mon Difcours Préliminaire, ana-lyfe du Chant IV. où ils trouveront des raifons fatisfaifantes que la briéveté d'u-ne Note ne permet pas d'expofer ici.

qui avoient brûlé pour la féduifante Déeffe de Cithere. Tout
refpiroit une molle tendreffe dans
ce Temple confacré à la volupté. Nul recoin où l'on ne trouva
des morceaux de l'obfcene fable.
On y voyoit le raviffement d'*Eu-*
rope par *Jupiter* fous la forme d'un
Taureau, traverfant à la nage
l'humide plaine qui fépare la Phénicie 1 de l'Ifle de Crete 2. La
Mer paroiffoit d'un bleu célefte,
& unie comme une glace tranf-
parente ; les flots calmes & tranquilles fembloient refpecter ce

---

1 *Phénicie.* Partie maritime de la Syrie, dont elle étoit autrefois Province.
Tyr fi renommée dans les Livres facrés,
& qui arrêta fi long tems les victoires
d'*Alexandre*, en étoit la Capitale.

2 *Crete.* Ifle de l'Europe dans la mer
Méditerranée, aujourd'hui *Candie*, du
nom de fa Capitale que les Sarrafins y
bâtirent vers l'an 823.

Dieu & fa belle proye, fe partageant à l'envi pour lui frayer un heureux paffage. D'un autre côté on voyoit ce même Dieu changé en pluye d'or pour furprendre plus agréablement *Danaë* reléguée dans une tour d'airain, & la venger des rigueurs d'*Acrifius* fon pere & fon tyran. Sur un fecond bas relief on remarquoit le grand vainqueur de l'Inde, l'aimable *Bacchus* fils de *Jupiter* & de l'indifcrette *Sémélé*, effuyant les larmes de la belle *Ariadne*, & la confolant de l'abfence du volage *Théfée* qui l'avoit délaiffée dans l'Ifle de *Naxie* [1]. Le troifié-

---

1 *Naxie* Ifle de la mer Egée la plus grande, la plus fertile, & la plus agréable de toutes les *Cyclades*; elle eft fituée au milieu de l'Archipel. Son circuit eft de plus de cent milles, & fa largeur à peu près de 30. S. *Jean l'Evangélifte*,

me bas relief repréfentoit *Hercule* dépouillé de la peau du redouta- ble Lion de *Nemée*[1], filant au- près de la tendre *Omphale*, tan- dis que des amours aîlés badi- noient avec la pefante maffue qui avoit écrafé tant de Monftres, & qu'ils avoient peine à remuer. D'autres cherchoient à fe vêtir de cette dépouille formidable, & ne trouvoient pas l'art de fe l'ajufter. Enfuite & fur un qua- triéme bas relief, fous les traits les plus reffemblans d'*Hérodiade*,

---

étant arrivé à *Pathmos*, envoya un de fes Difciples pour prêcher la Foi à *Naxe*, où elle s'établit fur les ruines de l'Ido- lâtrie, & des temples des idoles que les Athéniens y avoient bâti.

1 *Némée*. Forêt voifine d'une Ifle de ce nom au Royaume d'*Argos*, fameufe par les *Jeux Néméens*, inftitués en l'hon- neur d'*Hercule* pour avoir tué un lion qui défoloit cette contrée.

on admiroit la mere des amours, l'incomparable *Vénus* couronnée de mirthe, parcourant d'un vol leger les vertes campagnes de l'*Idalie* [1]. Son char, formé d'une conque marine, étoit attellé de deux Cygnes & de deux Colombes, un grand voile de pourpre flottoit dans les airs au gré des Zéphirs, dont la douce haleine souffloit le parfum de mille fleurs qu'ils avoient recueillis en volant; les Graces, fidéles compagnes des amours, la devançoient en voltigeant, & lui servoient de guide; les Plaiſirs & les Ris folâtres qui ſuivent aſſiduement ſes pas, marquoient par leurs jeux badins, la joye qu'inſ-

---

1 *Idalie.* Ville de l'Iſle de *Chypre,* où ſelon les Fables, Vénus a fait quelquefois ſa réſidence. Ce qui rendit ſes habitans ſi efféminés.

piroit la préfence de leur Souve-
raine.

Tel étoit le Temple [1] que la
politique venoit d'élever à la fortune & à la volupté, feules divinités que reconnoiffoit l'époufe
illégitime d'un Tétrarque effeminé. Bientôt une Cour brillante annonça l'arrivée de ce Prince;

---

1 *Tel étoit le Temple.* Quoique Jofephe, & les autres Hiftoriens qui rap-
portent que Hérode Antipas Tétrarque
de Galilée, bâtit la ville de *Tibériade* en
l'honneur de *Tibere*, ne faffent point
mention que ce Prince y ait élevé un
temple à cet Empereur; j'ai crû que la
fiction Poëtique m'autorifoit à lui en
faire dreffer un, d'autant plus que Hérode le Grand, fon pere, ayant fait bâtir dans la Trachonitide un temple en
l'honneur d'*Augufte*, Hérode Antipas,
fon fils, pouvoit bien à fon imitation
élever un temple dans une ville telle
que *Tibériade* qu'il bâtit en l'honneur
de *Tibere.* La chofe eft vraifemblable,

& bientôt au milieu d'une foule de courtisans parut *Hérode Antipas* s'avançant vers le Temple; à ses côtés marchoit *Hérodiade* le diadême en tête, conduisant la Princesse *Hérodias* sa fille. Les rues étoient ornées d'arcs de triomphe surmontés d'aigles romaines, & formés de branches de palmiers, parmi lesquels on lisoit des inscriptions flatteuses pour *Tibere* & pour *Sejan* son digne favori. Elles étoient bordées de chœurs qui entonnoient des hymnes profanes en l'honneur de celui que l'on déïfioit même avant sa mort, quoique souillé de mille crimes. De distance en distance étoient des brasiers où brûloit un encens choisi, dont la fumée ondoyante se perdoit dans les nues, & parfumoit tous les environs. Déja les victimes parées de fleurs sont conduites

aux

aux pieds des sacrificateurs, & expirent sous le coûteau sacré; on immole des Hécatombes ; tout concourt à la solemnité du double jour de la naissance d'*Hérode*, & de la Dédicace de *Tibériade*; quand pour la rendre plus auguste par un excès d'idolâtrie, le politique Hérode s'oublia jusqu'à se prosterner trois fois devant l'image de l'Empereur ; trois fois il lui offrit de l'encens ; & trois fois il le nomma *invincible & immortel*. Il avoit à peine prononcé l'*Apothéose*, qu'au bruit éclatant des fanfares, les Hérauts proclamerent le nom de *Tibere* ; & par leurs acclamations réitérées & soutenues des suffrages & des vœux de tous les courtisans, le placerent au rang des Dieux. Toute la Cour suivit l'exemple du Roi. Les peuples, serviles imitateurs des Grands, se

conformerent aux intentions du
Souverain ; tous reclamerent la
faveur de ce nouveau *Dieu* ; tous
implorerent ſa protection ; &
tous ſe reſſentirent des libéralités
du Prince. Pour ſignaler à jamais
la mémoire de cet événement,
de riches médailles d'or, frap-
pées au coin de *Céſar*, & qui
indiquoient l'apothéoſe de l'Empereur *Tibere*, furent diſtribuées
aux habitans de *Tibériade*. Les
eſclaves recouvrerent la liberté ;
les débiteurs furent déchargés de
leurs dettes : Hérodiade ſur le
trône, étoit la ſeule qui ne pre-
noit point de part à l'allégreſſe
publique qu'elle procuroit. La
bleſſure étoit dans ſon cœur ; le
noir projet qu'elle y méditoit, ne
lui laiſſoit goûter qu'en apparence, la joye que l'on reſpiroit dans
cette nouvelle *Babylone*. L'eſprit
ſans ceſſe agité de la terrible ap-

parition de Mariamne, la cruelle
Hérodiade attendoit impatiem-
ment l'inftant favorable de figna-
ler fa vengeance; c'eft ainfi qu'un
Pilote expert, voulant aborder
un Port difficile, tourne long-
tems fur la plage efcarpée, étu-
die l'horifon, effaye fans perdre patience, tous les vents
& leurs foudivifions utiles, jufqu'à ce que celui qui lui eft favorable venant à fouffler, il profite de l'avantage de toutes fes
voiles, & entre victorieufement
dans le Port. Telle Hérodiade
partagée entre la douleur de fe
voir offenfée, & la tardive attente de faire éclater fon reffentiment. Hérode s'apperçut de fon
agitation inquiette ; mais cette
Reine diffimulée, fçut fe con-
traindre jufqu'au moment, où ce
foible *Tetrarque* devoit fe laiffer
furprendre dans le défordre du

fuperbe feftin, qu'il donna à toute
fa Cour au retour du Temple.

Déja les tables font dreffées
dans un magnifique falon au milieu des vaftes galeries , & couvertes de mets les plus exquis ; le
Roi & Hérodiade s'affeyent fur
des lits de draps d'or , ombragés
d'un pavillon volant de couleur
de pourpre. Les courtifans fe pla-
cent enfuite felon leurs rangs.
Alors Hérode prenant la coupe
Royale pleine de vin , & fe tenant debout, Courtifans, dit-il,
que ce jour mémorable par la divinité de Céfar [1] , foit à jamais

---

[1] *Divinité de Céfar.* Le paganifme
avoit érigé les Empereurs en Dieux ;
mais ce qui eft furprenant , c'eft que
les Empereurs *Théodofe* & *Arcadius*,
quoique Chrétiens , fouffrent que *Sim-
maque* , ce grand défenfeur du paganifme , les traite de *votre Divinité.* Ce
qu'il ne pouvoit dire que dans le fens

heureux pour nous , & pour nos descendans ; il dit , & portant légérement la coupe à la bouche, il boit, & la remet à Hérodiade, qui après avoir bû la fait passer dans les mains de la Princesse. Dès-lors les libations [1] se font

---

& selon la coûtume des Payens ; & nous voyons des inscriptions en l'honneur d'*Arcadius* & d'*Honorius* qui portent , „ *Un tel dévoué à leur Divinité & à leur* „ *Majesté.* " Mais les Empereurs Chrétiens ne recevoient pas seulement ce titre , ils se le donnoient eux-mêmes. On ne voit autre chose dans les constitutions de *Théodose* , de *Valentinien ,* d'*Honorius* & d'*Anastase* ; tantôt ils nomment leurs Edits *des Statuts Célestes , des Oracles Divins* ; tantôt ils disent nettement *la très-heureuse expédition de notre Divinité.* Font. Hist. des Oracles.

1 *Libations.* Les libations étoient une espece de sacrifice, elles consistoient à répandre une liqueur en l'honneur de quelque Divinité, pendant le repas :

avec toute la sensualité & la pompe Romaine. Le vin fumeux de *Lesbos* [1] coule dans les riches coupes des conviés. Les mets servis par cent esclaves Grecs, se succedent, & ravissent tour à tour la vûe & le goût. Déja à l'aide du délectable nectar de *Scio* [2], l'in-

---

on versoit du vin sur la table même qui servoit d'Autel ; on commençoit ordinairement par une libation en l'honneur de la *bonne fortune*, chacun bûvoit à la coupe, & c'étoit ainsi que commençoient & finissoient les repas de cérémonie & de religion chez les Anciens ; soit qu'on immolât des victimes, soit qu'on fît seulement des libations, ou qu'on brûlât des parfums.

1 *Lesbos.* Isle de l'Archipel qu'on nomme aujourd'hui *Metelin*, sous la domination des Turcs.

2 *Scio.* Isle de la mer Egée située entre *Samos* & *Lesbos*, proche l'Asie mineure. Cette Isle qui a quatre-vingt-dix milles de circuit, est fort habitée ;

tempérance, fidele compagne de
la bonne chere, brille dans les
yeux des convives diffolus. Bientôt la raifon épouvantée de tant
d'excès, s'envole, & cede la place
à la folle tendreffe. Alors on

---

on y compte plus de foixante bourgs &
villages, la plûpart habités par des
Chrétiens. Elle fut d'abord foumife aux
Athéniens, puis aux Macédoniens, enfuite aux Romains, & enfin aux Grecs.
Les Génois s'en rendirent maîtres en
1346. & les *Mahons* premiers Gentils-
Hommes de la Maifon *Juftiniani*, la
gouvernerent en forme de république.
Ils payoient tribut au grand Seigneur.
Mais fous prétexte de refus de ce tribut,
le Bacha *Piali* la prit en 1666. par ordre de *Soliman*. Les Seigneurs de la
Maifon de *Juftiniani* ont néanmoins
toujours confervé le titre de *Prince de
Scio*, fur laquelle leur droit eft incontef-
table. Il y a encore aujourd'hui dans les
premiers emplois de la Cour de Rome,
un Prélat de cette famille d'un mérite
auffi diftingué que fa naiffance.

N iiij

se couronne mutuellement [1] de fleurs ; les parfums de *Panchase* [2] & de *Jéricho* [3] fument sur les buf-

---

1 *On se couronne mutuellement.* Les Payens & les Grecs avoient coutume de se mettre des couronnes dans leurs festins ; les Latins avoient pris cet usage des Grecs & ceux-ci des Orientaux ; car c'est à ces coutumes qu'Isaïe fait allusion dans le chap. 28. *La couronne d'orgueil des yvrognes d'Ephraïm sera foulée aux pieds. Pedibus conculcabitur corona superbiæ ebriorum Ephraïm.* Isaï. cap. 28.

2 *Panchase.* Le *Panchase* étoit une Province de l'Arabie, riche en parfum. Virgile en parle au liv. 2. des Géorgiques. *Totaque thuriferis Panchaïa dives arenis.*

3 *Jéricho.* Ville de la Palestine de la Tribu de *Benjamin*, à l'Orient de Jérusalem. Les campagnes de cette ville portoient autrefois un beaume fort précieux, d'où *Monster* veut qu'elle ait pris son nom ; le mot de *Jéricho*, selon lui, signifie *bonne odeur.*

fets, & dans des brâfiers d'or.
Hérode cede au torrent des plai-
firs ; échauffé par les fons féduc-
teurs de la mufique, fon cœur
perfide fe livre tout entier aux
charmes de la volupté. Hérodiade l'animoit de fes regards crimi-
nels, & dans la furprife d'une
coupable yvreffe, ce Prince donnoit tout aux fens, & rien à la raifon ; quand pour achever de la
lui faire perdre, & de le plonger
dans une mer de délices, la jeune
Hérodias [1] prit dans fes mains
une lyre, & maria fa belle voix
aux fons harmonieux de cet inf-
trument. Elle chanta d'abord la

---

1 *La jeûne Hérodias.* Son nom étoit
Salomé fille d'*Hérodiade* & de *Philippe*
fon premier mari ; mais foit pour flatter Hérode, foit pour faire oublier fon
premier mariage, *Hérodiade* donnoit
fon propre nom à *Salomé.*

généalogie des Céſars ; leur gloire, leurs triomphes , & leurs apo-
théoſes ; elle chanta les actions
les plus mémorables de *Tibere* &
de *Germanicus* ſon neveu , la plus
chere eſpérance de l'Empire Romain , & les mit tous les deux au
nombre des Dieux. Enſuite elle
rappella les délices de la *Campa-*
nie 2, & les plaiſirs enchanteurs de

---

1 *Germanicus.* Neveu de *Tibere* ,
Prince tellement chéri du peuple Romain pour ſes rares vertus , que *Tibere*
jaloux & défiant d'un ſi grand mérité ,
le fit mourir par le poiſon.

2 *Campanie.* Province du Royaume
de Naples ; elle fut appellée *Terra felice*
à cauſe de la fertilité de ſes campagnes ,
& *Campagna ſtellata* comme étant favo-
riſée des plus douces influences des Aſtres. Auſſi *Cicéron* la qualifie-t-il la plus
agréable patrie du monde dans l'orai-
ſon *de lege agraria.* On l'appelle aujour-
d'hui *terre de Labour.* Naples, Capoüe ,
Nole , Pouzolles & Gayette ſont ſes
principales villes.

l'Isle de *Caprée*[1]. Puis elle célébra
la fondation de *Tibériade* ; & par
un mélange aussi délicat que flatteur, les noms des fondateurs se
trouverent confondus avec celui
en faveur duquel elle étoit bâtie.
Bientôt montant sa lyre sur un
ton plus tendre, elle chanta les
amours des Dieux, & leurs diverses métamorphoses. L'hymenée
d'*Hérode* & d'*Hérodiade*, fut aussi
chanté sous l'emblême mistérieux
des nôces du grand *Jupiter*, & de
sa sœur la belle & jalouse *Junon*.
Hérode Antipas écoutoit la jeune Princesse avec une attention
qui tenoit de l'enchantement ;

---

1 *Caprée*. Isle de la mer *Thyrene* vis-
à-vis de *Pouzolles* dans le Royaume de
Naples. *Suetone* nous apprend que ce
fut dans cette Isle que Tibere se retira
pour y commettre les crimes qui ont
rendu son nom odieux.

car qui n'auroit été frappé des ac-
cords mélodieux de cette lyre ?
Satan la touchoit ; la *Volupté*
chantoit , & la jeune *Hérodias*
triomphoit par les attraits & les
charmes de *Bélial.* Toute la Cour
d'Hérode , quoique nombreuſe ,
obſervoit un ſilence attentif ; perſonne n'oſoit reſpirer dans la
crainte de troubler l'harmonie de
ce concert raviſſant ; chacun étoit
dans une profonde extaſe ; lorſque tout à coup la Princeſſe s'é-
lança au milieu de la ſalle , avec
une ſoupleſſe de corps d'autant
plus admirable , que chaque pas
qu'elle formoit , caractériſoit par-
faitement les *Danſes Pantomimes* [1]

---

[1] *Pantomimes.* Les Grecs avoient
pour la Comédie une ſorte d'Acteurs
bouffons , qu'on appelloit *Mimes* , à
cauſe que ſans parler ils avoient l'art
d'exprimer par leurs geſtes les mœurs

des Grecs, & que par ſes différens
motivemens tantôt paſſionnés,
tantôt languiſſans, elle enlevoit
tous les ſpectateurs, & les égaroit
avec elle dans les paſſions qu'elle
inſpiroit. Hérode ne put tenir
plus long tems contre tant de
charmes : que vois-je, s'écria-t'il ?
Eſt-ce une Divinité, ou une mortelle qui paroît à mes yeux? Eſt-ce
Hébé, *Diane* ou *Flore*, qui a quitté
le ſéjour céleſte pour orner cette

& les paſſions des hommes, & de con-
trefaire deux contraires au même inſtant. Le *Pantomime* enchériſſant ſur le
Mime, exprima par la danſe toute ſorte
de caractère, mais cette danſe dégénera
bientôt en débauche par les poſtures
laſcives & indécentes, & devint une
école publique de lubricité ; les bouffons Italiens ſont inimitables dans ce
genre, & je ne ſçais ſi les *Mimes* & les
Pantomimes des anciens ont beaucoup
d'avantage ſur eux, *dit S. Evremont.*

fête & faire nos plaisirs ? Venez,
Princesse, dit-il en s'adressant à
Hérodias, & en lui tendant les
bras, vous qui possédez le grand
art[1] de captiver les cœurs, venez,
& montez sur le trône; vous seule
êtes digne de régner. Quel prix
peut-on adjuger à tant d'attraits ?
Demandez, Princesse, les refus
ne font point faits pour vous ;
demandez, je jure par la fortune
de César, & son immortelle profpérité de vous tout accorder, fut-
ce la moitié de mon Royaume ?

Il dit, & il posa son diadême
sur le front de la jeune *Hérodias*,
qui fiere d'une si éclatante faveur,

---

1 *Le grand art.* Les Romains tenoient
pour une chose infâme de danser, &
Salufte reproche à *Sempronia* qu'elle
fçavoit danser avec plus d'art & de cu-
riofité qu'il n'eft bienféant à une hon-
nête femme. *S. Evrem.*

& bien inſtruite par ſa mere la vindicative *Hérodiade* , n'héſita pas à demander la tête de *Jean-Baptiſte*[1]. A cette demande cruelle Hérode reconnut ſon imprudence, mais trop tard ; il étoit lié par un ſerment qu'il ne pouvoit violer ſans encourir la diſgrace de l'Empereur. La politique & l'amour, exigeoient cette victime ; mais l'horreur d'un pareil attentat s'y oppoſoit. Hérodiade s'en apperçut, & auſſi-tôt d'un ton flatteur, appuyant la demande d'Hérodias ſa fille ; Prince, dit-elle à Hérode, vous héſitez, la

---

1 *La tête de Jean-Baptiſte.* Caput Sancti Joannis in diſco , feralis miſſus crudelitatis propter odium veritatis. Puella ſaltat , & ſævit mater : & inter laſcivias , & delicias conviventium temerè juratur ; & impiè quod juratur impletur. *S. Aug. Serm. 10. in nov. Serm.*

parole des Rois n'eſt-elle plus ſa-
crée ? & le nom de Céſar n'y a-t'il
pas mis un ſceau inviolable? Pour
qui tant de ménagement ? Pour
un vil impoſteur , un prétendu
Prophète ? *Achab* ne donna-t-il
pas à *Jéſabel* le ſang des Prophètes [1] dont l'audace avoit ſçu lui
déplaire ? Je ne demande pas cent
têtes , une ſeule me ſuffit , c'eſt
celle de *Jean* : Songez que vous
me la devez ; vous la devez au
nom auguſte de l'Empereur , par
lequel on ne jure point en vain ;
vous vous la devez à vous-même,
à la religion du ſerment , au repos
de vos ſujets , & à celui de la

---

[1] *Sang des Prophètes.* Lorſque *Jéſabel* faiſoit mourir tous les Prophètes
du Seigneur , *Abdias* en recueillit cent,
& les cacha cinquante dans une caverne & cinquante dans une autre , où il
leur portoit de l'eau & du pain pour
vivre. *3. Reg. c. 18. 4.*

triste *Hérodiade* que ses censures ont déshonorée. Oui, Prince, poursuivit-elle tristement, il faut que *Jean* périsse, ou que l'épouse infortunée du *Tétrarque* de la Galilée, aille cacher sa honte, & pleurer ses malheurs dans des déserts inconnus aux humains : l'amour, vous le sçavez, fit tout le crime de la trop sensible *Hérodiade* ; Ciel, oublie ses foiblesses, s'il est possible ! Mais vous, ô généreux Prince, ne perdez jamais la mémoire que sans *Hérode*, sans cet aimable séducteur, la petite fille d'*Aristobule*, l'affligée Princesse de la *Traconite* [1] encore dans

---

1 *Traconite. Philippe* frere d'*Hérode Antipas*, étoit *Tétrarque* de la Traconite, pays qui avoit fait partie du Royaume d'Hérode le Grand, son pere. On croit que c'est dans ses campagnes qu'étoient les Tabernacles de *Cédar*.

ſes Etats auprès de *Philippe* ſon
Roi & ſon époux, le cœur libre
de paſſion, jouiroit de toute ſa
vertu, & couleroit des jours purs
& innocens, dans le devoir d'un
premier hymenée. Aujourd'hui
triſte joüet de la fortune & de
l'amour, on me refuſe la tête d'un
homme vil, d'un téméraire qui
m'a ravi l'honneur : à quel offenſe étois-tu donc réſervée, ô trop
ſenſible Hérodiade !

Elle ceſſa : ſes pleurs artificieu-
ſement répandus, acheverent le
reſte. Hérode voulut en vain éluder ſa parole ; la fierté d'*Hérodiade*, & la douceur d'*Hérodias*, arra-
cherent de lui l'ordre inique qui
devoit priver de la vie le grand
Prophète du Jourdain ; tel fut l'arrêt de mort [1] que l'impudicité

---

1 *Tel fut l'Arrêt de mort.* Ab adul-
teris juſtus occiditur, & à reis in Judi-

furprit à la tyrannie par le fecours de la débauche ; elle étoit
pouffée aux derniers excès, lorfqu'un affreux fatellite dont *Satan* avoit dirigé le bras , & le

---

cem capitalis fceleris pœna convertitur.
Deinde præmium faltatricis mors eft
Prophetæ : poftremò (quod etiam omnes Barbari horrere confueverunt) inter epulas atque convivia confummandæ
crudelitatis profertur Edictum. Quis
non cùm è convivio ad carcerem cur-
fari videret , putaret Prophetam juffum
effe dimitti : quis, inquam, cùm au-
diffet natalem effe Herodis , folemne
convivium , puellæ optionem eligendi
quod vellet , datam miffum ad Joannem
abfolutionem non arbitraretur ? Quid
crudelitati cum deliciis ? quid cum fu-
neribus voluptati ? rapitur ad pœnam
Propheta convivali tempore; convivali
præcepto , quo non cuperet vel abfol-
vi : perimitur gladio ; caput ejus affertur
in difco ; hoc crudelitati ferculum de-
bebatur , quo infatiata epulis feritas
vefceretur. *S. Ambr. de Virginibus.
liv. 3.*

glaive , parut dans la ſalle du
feſtin portant dans un baſſin la
reſpectable tête de _Jean - Bap-
tiſte._ Hérodiade altérée de vengeance & de ſang , la reçoit avec
tranſport des mains de la Princeſſe , & la place au milieu de
la table parmi les mets du feſtin.
Elle la contemple ſans crainte
& ſans remords ; en ce moment
la joie de voir ſon ennemi abattu,
l'a fait exhaler en invectives les
plus ſacriléges : cette tête encore
fumante [1] de ſang , avoit les yeux

---

1 _Cette tête encore fumante._ O que
de crimes dans un ſeul, s'écrie _S. Am-
broiſe_ , la tête de Jean eſt apportée dans
un plat ! Un tel mêts étoit bien dû à la
cruauté , pour en raſſaſier l'inſatiable
Barbarie. Regarde, Roi cruel, ce ſpectacle digne de ton feſtin. Prens dans ta
main cette tête reſpectable pour qu'il
ne manque rien à ta cruauté , & vois
couler dans tes doigts le ſang qui en

& la bouche ouverts , comme
pour déclamer encore contre les
nouveaux crimes qu'on la forçoit à voir, même aprês sa mort.
Ses regards étoient vifs & perçans ; nul des coupables convives se sentit affez d'affurance
pour les soûtenir ; il en sortoit
un feu , qui portoit le trouble
& la frayeur dans l'ame. Hero-

---

ruiffelle ; & comme la faim & la soif
de ta cruauté inouie , ne peuvent être
affouvies par les vins de ta table , bois
le fang qui acheve de s'écouler des veines de cette tête tranchée. Vois ces
yeux témoins de tes forfaits même
aprês fa mort , ils ont horreur de tes
délices , ils fe ferment ces yeux moins
par la dure loi de la mort, que par l'horreur de ton impudicité. Cette bouche
qui rendoit des Oracles & dont tu ne
pouvois fupporter les Arrêts , toute
muette & fans vie qu'elle eft, fçait encore fe faire craindre. *S. Ambr. de Vir-*
ginibus l. 3.

de ne pût y tenir, & frémiſſant
d'horreur à l'aſpect de ſon juge,
quoique ſans vie, il alloit prendre la fuite, lorſque Herodiade
le retenant par le bras, que crai-
gnez-vous, lui dit-elle, Prince,
notre Cenſeur n'eſt plus ? Puis
s'armant d'un poinçon [1] aigu,
qu'elle tire de ſes cheveux,
voyons, reprit-elle, ſi cette langue qui brave les Rois, ſçait réſiſter à leurs coups ; à l'inſtant
elle veut percer la langue du Précurſeur dans ſa bouche entr'ouverte, mais, ô prodige ! Elle

---

[1] *D'un poinçon.* S. Jerôme raconte
qu'Hérodiade ayant reçu la tête de Jean-
Baptiſte, lui inſulta, & lui perça la
langue avec l'éguille de tête qu'elle portoit, pour ſe venger de la liberté de ſes
reproches. *Sancto capiti illuſit, & ſicut
olim Fulvia linguam Ciceronis, ita hæc
linguam Joannis diſcriminali acu con-
fodit.* Hyeron. l. 3. contra Ruffinum.

échappe, un son articulé en sort, & fait entendre un nouveau reproche. Herode effrayé s'élance hors de la table, Herodiade veut en vain le retenir; les convives épouvantés se jettent en foule après lui, & fuyent avec horreur hors de la salle du festin. *Herodiade*, *Satan*, & *Bélial* restent seuls à contempler leur triomphe, & leur premiere victoire. Fiers de celle qu'ils venoient de remporter à *Tibériade*, ces esprits impurs volent à *Solime* où ils se flattent de cueillir de nouveaux lauriers, en employant les charmes d'une beauté mortelle; *Magdeleine* étoit son nom [1]. Sa race noble & anti-

---

[1] *Magdeleine étoit son nom.* Quelques Docteurs ont soutenu qu'il y avoit trois *Magdeleines*, parce que dans l'Evangile il est parlé de diverses actions

que remontoit jusqu'aux derniers

---

de *Marie* pendant la vie du Sauveur du
monde. Il y a eu des PP. qui ont voulu du moins distinguer *Marie* sœur de
Lazare d'avec *la Femme pécheresse* , &
l'on peut assurer que S. Gregoire Pape
est le premier qui ait enseigné nettement que la pécheresse *Marie* sœur de
Lazare, & *Marie* sœur de *Marthe* sont
la même personne. Le juste respect
qu'on a pour une autorité si grande , a
entraîné toute l'Eglise Latine dans son
opinion. On n'est revenu à l'examiner
que dans le seiziéme siécle ; c'est en ce
sens que *Jacques le Fevre* d'Etaples &
Josse Cliton firent imprimer l'an 1519.
un Traité *de Tribus & unica Magdelena* :
d'un côté *Jacques le Fevre* & *Josse Cliton* dans le livre que l'on vient de citer,
de l'autre *Jean Fischer* Evèque de Ro-
chenter, mort pour la foi étant nommé
Cardinal , & *Marc Grandval* s'attaque-
rent , répondirent , repliquerent. L'a-
vantage fut tout entier du côté du Doc-
teur Anglois. Ses écrits l'emporterent
sur ceux de ses adversaires pour l'élé-
gance & la solidité , & la Faculté de
Rois

Théologie de Paris condamna l'opinion qui distinguoit *Marie-Magdeleine*, de *Marie* sœur de *Marthe*, & de la *Femme pécheresse*, le 9. Novembre 1521. M. *Louvet* fit en 1636. reparoître le sentiment condamné en Sorbonne, par une dissertation à laquelle on ne fit pas grande attention ; & sur la fin du dix-septiéme siécle les Docteurs à qui on avoit confié le soin de réformer le Breviaire de quelques Eglises de France, surtout celui de l'Eglise de Paris, furent de ce sentiment, qui par-là acquit une autorité qu'il n'avoit point eu jusqu'alors. En 1685. M. *Mauconduit* fit un livre sur cette question qui n'est presque que celui de M. *Louvet*, MM. de *Tillemont* & *Baillet* arriverent ensuite avec beaucoup de chaleur pour appuyer la distinction. L'ancienne opinion fut défendue par le P. *Aléxandre Dominicain*, par le P. *Mauduit de l'Oratoire* dans son analyse de l'Evangile, & par le P. *Pezron Bernardin*. M. *Anguerin* Curé de Lyon, voyant que le sentiment de ceux-ci prévaloit, opposa en 1699. une dis-

Tome II. O

sieurs Souverains Pontifes au
rang de ses ayeux. Elle avoit *La-*
zare pour frere , & *Marthe* étoit
sa sœur. Les biens immenses ,
dont la mort prématurée de leur
pere , les avoit mis en possession,
furent partagés entre eux ; *La-*
zare eut le château de *Bethanie* [1] ,

---

sertation fort travaillée , à laquelle M.
Trevet répondit en 1713. Il parut en
même tems quatre livres critiques de
M. *le Masson* , contre l'opinion de M.
Mauconduit , & il y a apparence que
cette dispute ne finira pas si-tôt ; d'autant plus que l'Eglise n'y a aucun intérêt , & qu'elle n'examine pas à la rigueur cette question historique dont
elle ne fait pas l'objet de notre foi.

1 *Bethanie.* Bourg & Château de Judée aux environs de Jérusalem , on y
voit encore les ruines du Château de *La-*
zare , ou plûtôt les restes de quelque
bâtiment qui a été réédifié à la place où
étoit ce Château , qui vraisemblable-
ment n'a pas duré si long-tems sur pied.

& les grands Fiefs nobles qui en
relevent. *Marthe* eut un appanage confidérable, qu'elle con-
facra à l'Hofpitalité, & au fou-
lagement des pauvres. Pour ce
qui eft de *Magdeleine*, elle eut
en partage la terre de *Magdalel* 1
dont les revenus auroient fuffi à
l'entretien d'un Prince. A peine
eut-elle atteint fon troifiéme luftre, que fe trouvant maîtreffe de
fon fort, elle parut dans le monde comme un foleil levant. Sa
beauté naiffante lui attira bientôt
l'hommage de tous les cœurs ; fes
graces naturelles foûtenues par
un efprit fin, pénétrant, délicat,
étoient encore relevées par la no-
bleffe du fang, & par la plus riche opulence. Le caractere de

---

1 *Magdalel.* Ville de la Tribu de
Nephthali.

2 *Son troifiéme luftre.* Quinze ans.

O ij

ſon cœur [1], étoit infiniment au-
deſſus de tant de biens. La bonté, la généroſité, étoient ſes
moindres vertus. Mais il étoit
ſenſible, & ce défaut obſcurciſ-
ſoit toutes ſes perfections ; entraînée par un malheureux [2] pen-

---

[1] *Caractere de ſon cœur.* Le monde
avoit trouvé dans Magdeleine un de ces
cœurs tendres que tout entraîne ; que
les plaiſirs gagnent ; que les objets ſé-
duiſent ; que les converſations char-
ment ; où il ſe rencontre mille deſirs
de péché, lorſqu'il n'y en a pas un ſeul
de pénitence. Un de ces cœurs les plus
propres à plaire & à ſe faire aimer,
& c'eſt ce qui avoit ſervi à ſes égaremens ; un de ces cœurs ardens, où la
paſſion ne ſçauroit garder de meſures,
c'eſt-à-dire, un cœur vif, toujours extrême dans la joye comme dans le chagrin, entreprenant & aveuglé, & à
qui tout ce qui ſert à flatter les paſſions,
paroiſſoit facile. *Maſſillon, Serm. de la
Magd.*

[2] *Entraînée par un malheureux pen-*

chant, fon goût décidé pour la
volupté & pour les grandes paffions, la fit regarder comme
l'héroïne de la galanterie. Déja

---

chant. En vain fa pudeur rougiffoit de
fa foibleffe, l'afcendant de fon cœur
avoit pris le deffus, & tout ce qui pouvoit plaire, pouvoit la toucher. Que
pouvoit-elle s'attendre qu'on diroit de
fa conduite ? Née avec de bonnes quali-
tés, & fortie d'une Maifon qui la dif-
tinguoit dans le monde, ne devoit-elle
pas plus qu'un autre, penfer à conferver
fa gloire & fa réputation ? La honte
que fes égaremens alloient répandre fur
toute fa famille ; le mépris & les railleries qu'on feroit d'elle ; les mauvais
exemples qu'elle donnoit ; les chûtes
même fâcheufes, dont les perfonnes du
fexe reffentent fouvent toute la confufion & l'amertume, & dont elles ont
tout le tems de fe repentir dans une
vieilleffe trifte & deshonorée ; enfin le
bruit & le fcandale qu'elle alloit faire
dans toute la Paleftine ; que de puiffans
motifs de retenue ! *Maffillon, Serm. de
la Magd.*

O iij

ſéparée de Marthe & de Lazare, Cenſeurs trop importuns pour elle, Magdeleine vivoit en Reine au milieu de Jéruſalem dans un Palais ſomptueux ; elle y avoit une cour compoſée de la plus brillante jeuneſſe des Iſles de la Grece. Cent eſclaves de l'un & de l'autre ſexe, la ſervoient avec magnificence ; & une foule d'amans choiſis, ſuivoient aſſiduement ſes pas. Elle poſſédoit déja en un éminent degré, le grand art de les retenir tous [1], ſans don-

---

1 *Le grand art de les retenir tous.* Je veux bien que cette femme qu'on nomme *péchereſſe*, n'ait pas deshonoré ſa Maiſon, ni flétri la dignité de ſa naiſſance, je veux bien (& c'eſt le ſentiment de preſque tous les P P.) qu'elle ne ſoit pas tombée dans ce péché que l'Apôtre ne veut pas que l'on nomme ; mais ſans en venir à cet excès de déſordre, comme elle avoit été élevée dans

ner de préférence marquée à aucun d'eux ; & chacun dans le
particulier se flattoit de l'emporter sur son rival , & d'être pos-

---

le beau monde, elle sçavoit mieux engager ses insensés adorateurs ; & peut-
être en ne s'attachant à aucun d'eux ,
vouloit-elle les conserver tous ; une
joye secrette de les recevoir , des élo-
ges rejettés d'abord par mépris, écoutés
avec indifférence , ensuite avec attention ; enyvrée de l'amour de sa personne, elle se faisoit une espece d'étude
de l'inspirer aux autres ; & quoiqu'elle
n'en témoignât rien , elle n'étoit pas
fâchée d'entendre, qu'elle avoit trop
d'agrément pour ne pas se faire aimer.
De-là , ce desir de plaire à ceux qui lui
faisoient la cour ; l'adresse de s'attirer
une jeunesse volage, qu'elle ne rebu-
toit par une pudeur qui paroissoit in-
dignée , qu'afin qu'une passion trop ar-
dente ne leur fit perdre le respect. De-
là ce secret de faire de sa maison une
école de galanterie. *L'Abbé Boileau ,
Sermon de la Magdeleine.*

O iiij

sesseur du cœur de Magdeleine; mais l'amour & la vanité en étoient les seuls ressorts. Peu charmée de ses premieres conquêtes, elle n'aspiroit qu'à la gloire d'en faire de nouvelles; elle eût attenté à la liberté de tout l'univers.

Déja le bruit de sa beauté avoit passé de la Palestine, dans les Etats voisins : des Souverains de la Grece, & des Princes de l'Asie, oubliant leurs Cours, & leurs grandeurs, accouroient à Jérusalem, pour voir & pour aimer cette jeune merveille; car la voir, & l'aimer n'étoit qu'une même chose, pour ces indiscrets qui venoient vivre inconnus auprès de Magdeleine; trop heureux d'être comptés parmi ses adorateurs & ses courtisans. L'honneur [1] ce fier tyran du sexe,

---

1 *L'honneur.* Magdeleine avoit sacri-

& la bienséance, ce ferme soutien

---

fié sa réputation au monde ; sa pudeur
& sa naissance la défendirent d'abord
contre les premiers mouvemens de sa
passion ; & il est à croire qu'aux premiers traits qui la frapperent, elle opposa la barriere de sa pudeur & de sa
fierté ; mais lorsqu'elle eût prêté l'o-
reille au serpent, & consulté sa propre sagesse, son cœur fut ouvert à
tous les traits de la passion. Magdeleine
aimoit le monde, & dès-lors il n'est
rien qu'elle ne sacrifie à cet amour ;
ni cette fierté qui vient de la naissance,
ni cette pudeur qui fait l'ornement du
sexe ne sont épargnées dans ce sacrifice, rien ne peut la retenir, ni les railleries des mondains, ni les infidélités
de ses amans insensés à qui elle veut
plaire, mais de qui elle ne peut se faire
estimer, car il n'y a que la vertu qui
soit estimable ; rien ne peut lui faire
honte, & comme cette femme prosti-
tuée de l'Apocalypse, elle portoit sur
son front le nom de *mystere*, c'est-à-dire, qu'elle avoit levé le voile, & qu'on
ne la connoissoit plus qu'au caractère

O v

de la vertu, ne lui tinrent pas plus au cœur, que la méprisable cupidité d'amasser des tréfors : & vous, richeffes, dignités, grandeurs ambitieufes, écueil fatal des beautés ordinaires, vous ne fûtes jamais fi cheres à Magdeleine, que la féduifante erreur qui lui fit donner le furnom de *Péchereffe* [1] ?

Telle étoit la beauté dominante dans la capitale de la Judée, quand le divin Héros y arriva des extrêmités de la Galilée : & tel étoit l'objet que Satan & Bélial deftinoient, pour la faire triompher de la fageffe [2] du chafte Fils

---

de fa folle paffion. *Maffillon*, *Serm. de la Magd.*

1 *Pécherefse*. Mulier in civitate peccatrix. *Luc. 7. c. 37.*

2 *Triompher de la fagefse.* Le Lecteur doit bien remarquer qu'il ne s'agit ici

de l'Eternel : projet digne d'être
conçû par des esprits impurs !
Mais ne préfumant pas qu'un
homme pauvre & obfcur tel que
Jefus, quoique le plus beau des
enfans des hommes, pût toucher
le cœur de l'ambitieufe Magdeleine, qui ne cherchoit que d'illuftres conquêtes, Bélial voulut
lui infpirer la vanité de le foumettre à fes charmes, en le lui
préfentant à l'imagination, fous
l'éclat du plus grand héros qui fut
jamais. A cet effet il met en ufage une nouvelle illufion pour la
difpofer à l'exécution de fon projet.

Déja s'arrachant des bras du

---

que d'un amour de vanité, délire de
l'amour propre dans la tête d'une femme, & non dans fon cœur ; ni d'une
paffion impure dans fon objet, dans
fon principe & dans fa fin.

O vj

sommeil paresseux, pour venir
respirer la délicieuse fraîcheur du
matin, Magdeleine avoit préve-
nu l'aurore dans les magnifiques
jardins qui ornent son Palais.
Déja dans un bosquet de Myr-
the, à demi couchée sur un ta-
pis de verdure & de fleurs odo-
riférantes, elle s'y livroit à une
douce rêverie; son esprit distrait,
s'égaroit dans le souvenir de ses
premiers engagemens, & dans
une perspective qui sembloit ne
lui présenter pour l'avenir, qu'un
enchaînement de plaisirs, & des
délices intarissables; lorsque sous
la forme d'un Ange de lumiere,
tel qu'on peint les célestes mes-
sagers de Dieu, esprits aîlés, plus
légers que la flamme, *Bélial* ap-
parût à *Magdeleine*; il étoit porté sur un nuage clair & argentin,
environné d'un éclat éblouissant;
l'embonpoint & la blancheur de

son corps, eût terni celle des
lys; son teint effaçoit l'incarnat
des roses les plus fraiches ; sa
blonde chevelure naturellement
bouclée, pendoit sur ses épaules
d'albâtre ; sa bouche vermeil-
le ornée d'un double rang de perles, & d'un souris aimable, avoit
mille graces ; mais elles étoient
fausses. Au travers de la face angé-
lique, sous laquelle il avoit mas-
qué son impure noirceur, on en-
trevoyoit je ne sçais quoi de faux
dans son air, d'immodeste dans
ses yeux, de perfide dans son ris,
& d'efféminé dans le ton de sa
voix; toute autre que Magdeleine eût apperçû l'imposture sous
le voile de la candeur ; mais le
même tyran qui subjuguoit son
cœur, fascinoit son esprit & ses
yeux. Tel étoit *Belial* travesti en
ange de lumiere, lorsque se présen-
tant à *Magdeleine*, il lui parla en
ces termes.

Reine, qui tiens à si juste titre
le sceptre de la beauté, & l'empire des cœurs, objet qui l'emporte sur tous les objets de la
terre, non, jamais de tant de
charmes brilla la courageuse *Ju-
dith* qui sçut toucher le cœur du
féroce *Holophernes* que rien n'a-
voit pû toucher : moins belle fut
la généreuse *Esther*, qui l'emporta
aux yeux d'*Assuerus* sur toutes les
beautés de l'Asie, & qui par la
puissance de ses attraits, triompha des loix irrévocables d'un
Roi impérieux, & de l'orgueil
d'un favori insolent : moins sé-
duisante fut la blonde *Bethsabée*,
dont la seule vue fit tomber David : moins piquante fut la brune
Dalila qui enchaîna la valeur de
Samson, & qui triompha de sa
vertu, & de sa force. Cependant,
ô *Magdeleine*, malgré tous ces
avantages qui t'égalent aux plus

fameufes héroïnes, tu te flattes en
vain de l'emporter fur elles, & de
mériter l'immortalité. C'eſt peu
d'avoir rangé des Princes fous tes
loix ; une feule conquête manque
à ta gloire, & la feule qui puiſſe
t'immortalifer ; il eſt dans Iſraël
un homme feul digne de toi par
l'origine célefte dont il fe glorifie.
Songe que la conquête d'un homme qui réunit en lui le Héros &
le Philofophe, & dont la puiſ-
fance foumet le Ciel, la Terre &
les Enfers, eſt infiniment au-deffus de celle des plus fameux conquérans, qui, à part l'ambition &
l'audace, ne font que des hommes ordinaires. Non, jamais Héros ne fut plus digne de regner fur
Magdeleine ; & jamais le cœur de
Magdeleine ne put trouver un
homme plus digne de le fixer,
c'eſt à ce Héros que le Ciel te def-
tine ; c'eſt fon Miniſtre qui te

l'annonce ; reconnois ſa voix, & obéis à tes deſtins.

Ainſi parla le *faux Archange*, & diſparut, laiſſant tomber aux pieds de *Magdeleine* une boëte auſſi brillante que les étoiles de la nuit ; mais digne préſent de l'Enfer, car à peine la ſenſuelle Magdeleine curieuſe de jouir de ce don prétendu *céleſte*, eut ouvert la boëte fatale que ſept eſprits malins [1] s'échappant com-

---

1 Sept eſprits malins. *Hanc verò quam Lucas peccatricem mulierem, Joannes Mariam nominat, illam eſſe Mariam credimus de quâ Marcus ſeptem Dæmonia ejecta fuiſſe teſtatur. Et quid fuiſſe per ſeptem Dæmonia niſi univerſa vitia deſignantur ? Quia enim ſeptem diebus omne tempus comprehenditur, rectè ſeptenario numero univerſitas figuratur. Septem ergo Dæmonia Maria habuit quæ univerſis vitiis plena fuit.* Nous croyons, dit S. Gregoire, que cette femme que S. Luc nomme ſimplement *péchereſſe*, & que

me une fumée fubtile, s'emparent d'elle par l'organe de fes fens.
& plongent fa raifon dans le délire : ainfi jadis le jufte *Lot* vit
éclypfer la fienne pour avoir
bû à la coupe de féduction que
la main impure de fes filles lui
préfenta.

Cependant l'infortunée Mag-
déleine en proye aux diverfes agi-
tations des efprits qui la poffe-
dent, ne goûte plus aucun repos,
mille & mille paffions qui impri-

S. Jean appelle *Marie*, n'eft autre que
Marie (*Magdeleine*) laquelle S. *Marc*
dit avoir été délivrée de fept Démons.
Et qu'entend-on par fept Démons, fi
ce n'eft l'univerfalité des vices ; car de
même que tout le tems eft compris dans
fept jours, & que le nombre de fept,
eft la figure de tous les autres ; ainfi
Marie qui étoit tourmentée de fept Démons, étoit livrée à tous les vices. *S.*
Greg. Pap. Hom. 33. in Evangel.

ment fur fon front le nom de
myftere [1], la combattent tour à
tour , & fe font remarquer dans
fes yeux altérés ; fa raifon en-eft
égarée ; mais Bélial , auteur invifible de tant d'égaremens, faifant
taire les Démons impurs , poffef-
feurs de la belle pécherefle , ne
laiffe agir fur fon cœur que le
Démon de la fuperbe vanité.

Deja aux impulfions de ce nouveau tyran , les paffions calmées
cedent à l'ambition de foumettre
le Héros dont on lui a parlé. Ce
frivole projet occupe Magdeleine toute entiere , & lui dicte le
mépris pour tous fes amans. Déja
fes penfées fe tournent uniquement fur lui ; elle fe plaît à réfté
chir fur fes hauts faits ; elle aime

---

[1] *Le nom de myftere.* Et in fronte
ejus nomen fcriptum *myfterium*. Apoc.
c. 17.

qu'on lui en parle ; elle s'informe
de ſes merveilles ; elle prend plaiſir à les entendre raconter. Les
récits ſurprenans de tant de puiſſance, & de bonté, de tant de
gloire & de modeſtie, irritent ſon
admiration par un retour ſur le
noble objet qui la cauſe. La ſoli-
tude lui plaît ; elle s'égare dans
ſes réflexions ; puis revenant tout
à coup, elle ſe fait redire pluſieurs
fois les mêmes choſes ; elle s'arrête aux moindres circonſtances.
Ses femmes, & ſes amans, profanes témoins de ſes mouvemens
ſecrets, ne reconnoiſſent plus
Magdeleine, & en eux-mêmes
ils la plaignent. Enfin lorſque la
renommée lui apprend que Marthe ſa ſœur eſt honorée de la
confiance, & de l'amitié du Sauveur[1], elle va la trouver, & lui

---

2 *De l'amitié du Sauveur.* Diligebat.

adreſſe ces paroles :

O Marthe, ma chere Marthe, vous qui avez le bonheur de con-noître Jeſus, ſouffrez qu'une ſœur admiratrice de ſes vertus, vous ouvre aujourd'hui ſon cœur, & vous faſſe part de ſes plus ſecret-tes penſées. Quel jugement por-tez-vous ſur ce grand Prophète qui paroît depuis peu dans Jéru-ruſalem ? N'eſt-ce pas le même qui a déja rempli la Galilée du bruit de ſes pieux exploits ? Dites ma ſœur, dans quel ſiécle vit-on un homme qui puiſſe lui être comparé ? Les Héros de l'anti-quité tant vantée, que ſont-ils devant lui ? Qui ne ſeroit ébloui du brillant éclat qui l'environne? Son air, ſon zele, ſa piété, ſon

autem Jeſus Martham, & ſororem ejus Mariam & Lazarum. *Joan. cap. 11.* **8. 5.**

courage, tout porte en lui un caractere plus qu'humain. Qui pourroit donc fixer le cœur de Magdeleine, si ce n'est cet homme héroï-
que ? Lui qui surpasse en beauté
tous les enfans des hommes ; lui
dont la présence est toujours sui-
vie de la victoire : on le dit le *Mes-*
sie ; on le dit *Fils de David*, je n'ai
point de peine à croire qu'il sorte
de cet auguste sang, & qu'il soit
l'héritier du trône de ce grand Roi
& des promesses éternelles. Qui
pourroit donc être insensible à
tant de vertus & de charmes ? Ce
ne sera jamais Magdeleine, son
cœur est trop susceptible de gloire
pour ne point aspirer à celui dont
l'héroïsme ne peut être égalé.

O vous donc pieuse *Marthe*,
si jamais *Magdeleine* vous fut
chere, si votre tendresse pour elle
n'est point éteinte, ayez pitié
d'une sœur qui ne peut vivre sans

connoître *Jeſus.* Je n'ignore pas
que vous êtes admiſe à ſa confidence, & qu'il vous fait part des
plus ſecrettes penſées de ſon
cœur, apprenez-lui qu'il y a dans
Jéruſalem....

Arrête téméraire, interrompit
Marthe avec indignation, eſt-ce
Magdeleine qui oſe concevoir un
tel deſſein ? Eſt-ce à *Marthe* qu'on
oſe en faire l'aveu ? Ah trop am-
bitieuſe beauté, qui dans la bouil-
lante yvreſſe de vos paſſions, oſez
aſpirer à ſoumettre à vos loix le
divin *Meſſie* [1], que vous ſeriez

---

1 *Soumettre à vos loix le divin Meſſie.*
L'on convient avec tous les P P. que
Jeſus-Chriſt a permis qu'on l'accuſât
de tout, excepté du vice honteux que
S. Paul défend de nommer ; il n'a pas
non plus ſouffert qu'on l'ait tenté par
des voyes impures ; & il n'a pas permis
que la malice de ſes ennemis la plus en-
venimée, pût lui faire des crimes d'im-

pureté, même par calomnie. Ainsi sans
nous raprocher en rien des impies
Albigeois qui prétendoient que *Magdeleine* avoit eu des complaisances criminelles pour Jesus-Christ, nous leur
disons mille fois anathême avec toute
l'Eglise. Or quoique nous feignons que
les Démons conviennent entr'eux de
tenter Jesus-Christ par les attraits de la
volupté sensuelle pour connoître s'il est
véritablement homme, & homme sujet aux passions; & qu'en conséquence
ils fassent illusion à une fille toute
mondaine, ce n'est là qu'un projet
infernal sans suite, sans exécution,
qui tourne tout à la confusion de ses
Auteurs & uniquement au triomphe de
la grace. Qu'on se rappelle ici ce que
j'ai dit dans mon Discours préliminaire,
ce projet enfanté par l'Enfer, est glissé
dans la tête de la *pécheresse* que sept Démons possédoient, au rapport de *S.
Marc. chap. 16. v. 9.* mais ce n'est
qu'un esprit ou un amour de vanité qui
l'inspire & la fait agir sans autre vue
que de plaire, & d'autre but que d'a-
voir plû au plus grand & au plus hé-
roïque de tous les hommes, qu'elle ne

les ſiennes ! Vous ne vous trom-
pez pas, il eſt du ſang de David,
& l'héritier immortel des promeſſes du Très-Haut : nommez-
le , Philoſophe, ſage Légiſlateur,
conquérant , vainqueur du Ciel
& de la terre, l'effroi des Enfers,
tous ces titres ſont au-deſſous de
lui. Apprenez qu'il eſt *Dieu*, *Fils*
du Très-Haut, Dieu de majeſté,
de ſainteté , de pureté. Fuyez
donc ſes chaſtes regards ; portez
loin de lui ce feu profane dont

---

connoît point encore pour *Dieu* & *Fils*
de Dieu. D'ailleurs ce projet ne ſort
point de la tête de *Magdeleine* ; il y
naît & il y meurt ; nulle entrevue entr'elle & Jeſus-Chriſt , nuls propos,
nuls diſcours ; tout le fruit que *Magde-*
leine retire de ce projet illuſoire & de
la confidence qu'elle en fait à *Marthe*
ſa ſœur, eſt un trait de la Grace qui
bleſſe ſon cœur, & une converſion ſincere qui la rend véritablement *l'amante*
de J. C. & l'héroïne de la Croix.

                                    VOUS

vous brûlez, il n'eſt l'ouvrage que d'un eſprit impur.

Ah ! ma ſœur, repliqua vivement la belle péchereſſe, rendez plus de juſtice à *Magdeleine* : je ſçais que ma jeuneſſe volage , & inconſidérée , que l'éclat d'une conduite peu meſurée & criminelle en apparence, ont pû me donner un renom peu honorable dans le monde ; mais j'en atteſte ici le ciel , & tout ce que notre Religion a de plus ſacré , le beau feu qui m'anime aujourd'hui , n'a rien d'impur , rien de terreſtre ; il ne conſiſte qu'à jouir de la vûe de ce vainqueur qui ſoumet tout ; qu'à l'entendre , qu'à lui offrir mes vœux ; ſi je puis mériter le moindre de ſes regards , un regard favorable, c'en eſt aſſez : je borne là mon triomphe.

C'étoit par de ſemblables illusions que le Démon trompé par lui-même, croyant triompher de Jesus, préparoit un triomphe à sa grace; c'étoit ainsi que Magdeleine égarée par son amour propre, soupiroit sans s'en appercevoir pour celui qu'elle vouloit soumettre à sa folle vanité. Hélas, pauvre pécheresse, tu ne sçais pas que celui sur qui tu jettes tes regards profanes, est le Dieu d'Isaac & de Jacob tes peres; le Dieu terrible qui lance le tonnerre, qui frappe & qui guérit [1], le Dieu.... Mais bien-tôt pénétrée des traits brûlans de sa grace, tu pleureras; & tes égaremens te feront pardonnés. La belle pécheresse gardoit encore le silence;

---

1 *Qui frappe & qui guérit.* Videte quod ego sim solus, & non sit alius Deus præter me, ego occidam, & ego vivere faciam, percutiam & ego sanabo. *Deuter.* 32. 39.

& sans se rendre aux discours
véhément de *Marthe*, qui devoit
lui faire appercevoir toute l'indé-
cence de son projet, elle flottoit
incertaine entre une timide confiance, & une crainte inquiette ;
tandis que de son côté *Marthe*
partagée entre l'indignation d'un
attentat qu'elle regardoit comme
un sacrilége horrible, & la com-
passion qu'elle portoit à l'aveu-
glement de sa sœur, *Marthe* bais-
soit tristement les yeux, & les
relevoit par intervalle ; telle une
mere qui voit son fils unique dans
le délire d'une fiévre brûlante, qui
fait extravaguer sa raison ; telle
Marthe poussoit de profonds sou-
pirs vers le Ciel, lui demandant
grace pour une sœur égarée. Dans
cette agitation que fera *Marthe ?* Livrera-t'elle *Magdeleine* à
son sort ? L'abandonnera-t'elle
aux Démons qui la possedent ?

Rompra-t'elle tout commerce
avec elle, ou tâchera-t'elle de la
ramener par la douceur, en eſ-
ſayant de lui ouvrir les yeux?
Marthe étrangement combattue,
panche tantôt pour un parti, &
tantôt pour l'autre. Néanmoins
elle étoit ſur le point de s'éloigner pour toujours d'une péchereſſe aveuglée, quand un
rayon d'eſpérance que ſans doute le Ciel fit luire dans le cœur
de *Marthe*, vint décider ſon in-
certitude. Alors pour ne point
aigrir, ni déſeſpérer l'eſprit altier
de *Magdeleine*, elle feint de ſe
prêter à ſon erreur; bien perſua-
dée que ſi jamais elle ſe trouve
en préſence du Sauveur du monde, elle ne réſiſtera point aux li-
bres mouvemens de ſa grace,
dont *Lazare* & *Marthe* avoient
déja reſſenti l'efficacité; dans cet
eſprit *Marthe* reprend ainſi la parole.

Eh bien, ma chere sœur, dit-
elle à *Magdeleine* qui attendoit la
décision de son sort avec impatience, j'approuve votre projet ;
oui sans doute le cœur du Héros
d'Israël manque à la gloire de
l'ambitieuse *Magdeleine*. Vous ne
pouvez vivre sans connoître Jesus. Connoissez-le donc aujour-
d'hui. Il est le *Fils* de l'Eternel,
le *Réparateur* du crime de nos
premiers parens ; il est le *Sauveur*
du monde. S'il est le plus beau des
enfans des hommes, il en est aussi
le plus pur. *Dieu* par essence, &
homme par nature, il a revêtu
l'humanité sans en revêtir les foiblesses. *Sauveur* affable, mille
charmes secrets & inexplicables
naissent de sa conversation ; sa
parole est vive & efficace ; il n'est
point d'épée à deux tranchants
qui pénetre si avant qu'elle dans
les replis du cœur ; elle s'insinue

entre l'ame & l'eſprit. La vertu
ſeule gagne ſon eſtime, & attire
ſes faveurs; Dieu jaloux d'un cœur
qu'il appelle à lui, le moindre
partage l'offenſe. Si donc vous
voulez plaire à ce *Meſſie* adorable,
commencez par lui faire un ſacrifice ſincere de cette foule d'a-
mans qui ſans ceſſe marchent
ſur vos pas & vous déshonorent.
Sacrifiez-lui vos goûts, vos deſirs, vos volontés ; un ſoupir qui
voleroit vers tout autre objet que
vers lui, ſeroit un crime, & méri-
teroit toute ſon indifférence ;
comptez que votre cœur ne lui
paroîtra digne de ſes *dilections*[1], &
des délices dont il enyvre ceux
qu'il aime, que l'orſqu'il ſera dé-
gagé de ſes liens profanes, &
qu'il aura briſé les chaînes de
l'habitude.

---

1 *Dilections.* Terme conſacré parmi
les Myſtiques.

Elle dit, & *Magdeleine* l'embraffant tendrement, s'écrie avec tranfport, *ô Marthe*! O ma fœur, que ne vous dois-je point! la fageffe de vos confeils m'ouvre une voye nouvelle. Oui, je renonce à mes amans, je les facrifie tous au Héros que j'adore; puiffe ce premier facrifice mériter fes faveurs! Lui feul me tiendra lieu de tout. Hâtez-vous donc de me préfenter à l'objet de mes chaftes defirs; les momens que je paffe éloignée de lui, font perdus fans retour. Allez, ma fœur, repliqua *Marthe* d'un air modefte, & d'un ton grave, allez vous mettre en état de paroître à fes yeux; mais fuivez mes confeils, & fouvenez-vous que la beauté extérieure ne le frappe point, parce qu'elle eft vaine & trompeufe [1], & que la

---

1 *Vaine & trompeufe.* Fallax gratia &

beauté intérieure [1], & les vertus
de l'ame qui lui donne tout son
lustre, & tout son prix, méritent
seules ses regards. Demain je me
rendrai au Temple, pour y célébrer la solemnité de la Fête des
Tabernacles ; vous m'y trouve-
rez ; vous y serez témoin avec moi
des merveilles du *Dieu Homme* ;
vous y entendrez sa morale divine ; puisse-t'elle trouver en vous
un cœur simple & docile !

   Marthe accompagna ces der-
nieres paroles d'un profond sou-
pir ; *Magdeleine* n'en comprit pas
le sens ; le Démon de l'orgueil
tenoit encore le bandeau de la
prévention trop fortement lié sur
ses yeux : elle part, le cœur plein

---

vana est pulchritudo. *De parab. Salom.*
c. 31.

   1 *Beauté intérieure.* Omnis gloria ejus
filiæ Regis ab intùs. *Ps. 44.*

de la conquête qu'elle médite ;
elle fe rend à fon Palais. Tout
dort : mais la vanité fait veiller
le fommeil à la porte de l'amour
propre. *Magdeleine* paffe la nuit à
effayer tout ce que le luxe mon-
dain a d'art & de parures , pour
relever fes appas incomparables ,
& déja trop dangereux par eux-
mêmes ; tandis que dans cette
même nuit , *Marthe* humblement
profternée devant le Seigneur, les
yeux baignés de larmes , imploe-
roit le fecours du Ciel pour la con-
verfion de fa fœur.

*Fin du quatrième Chant & du fecond
Volume.*